°LUFTSCHACHT

Thomas Podhostnik

DER GEZEICHNETE HUND

www.luftschacht.com

Umschlaggestaltung & Layout: Jürgen Lagger
Umschlaggrafik: © Kristin Gyimesi

Satz: Jürgen Lagger
Druck und Herstellung: FINIDR, s.r.o.

Die Wahl der angewendeten Rechtschreibung obliegt dem/der jeweiligen AutorIn

ISBN: 978-3-902373-29-8

I

Reči nekaj, flüsterte Mutter. Sag etwas. Versteht er kein Deutsch, fragte die Frau. Ich stand vor ihr in Socken, auf einem Stuhl. Er versteht sehr gutes Deutsch. Verstehst du mich, fragte die Frau. Ja, sagte ich. Wie heißt du? Sivo. Was siehst du? Ein Kreuz. Ich deckte mit der Hand das rechte Auge zu, sie hielt das Kärtchen hoch. Ich zuckte mit den Schultern. Und mit beiden Augen? Ein Stern. Warum trägt das Kind keine Brille? Aber was, sagte Mutter. Auf einem Auge ist es fast blind. Ist Ihnen das nicht aufgefallen? Und was, sagte Mutter. War er im Kindergarten? Was soll er im Kindergarten? Er wird nicht mithalten können. Mutter regte sich auf. Können Sie bitte Deutsch sprechen. Pojdi, sagte Mutter. Komm. Ich ergriff Mutters Hand. Die Frau hielt mich an der Schulter fest.

Ich saß in meinem Zimmer auf dem Boden und spielte mit Matchboxautos. Mutter rief nach mir. Im Flur stand Vater, er hielt einen Hund auf dem Arm. Za tebe, sagte er. Für dich. Mutter lehnte im Küchentürrahmen. Zum Schulanfang, sagte er. Hvala, sagte ich. Danke. Ich trug den Hund in mein Zimmer. Eine freche šmrkla sei die Ärztin, hörte ich Mutter in der Küche. Ne je zurückgeblieben!
Vater saß am Küchentisch und aß Hühnerbrühe. Ich drückte den Hund an meine Brust, sein

Schwanz schlug mir gegen den Oberschenkel. Mutter stand am Herd und rauchte. Der Hund biss mir in die Hand, ich ließ ihn fallen, er jaulte. Pes, schrie Vater. Vor Schreck warf sich der Hund auf den Rücken. Ich setzte mich Vater gegenüber. Mutter breitete eine Zeitung vor mir aus. Lese, sagte sie, kak znaž. Wie du es kannst. Vater legte den Löffel aus der Hand. Ich las die Überschrift, dann Wort für Wort den ganzen Artikel. Vidiž, sagte Mutter. Sie schimpfte von neuem über die freche šmrcla. Koza! Nora krava! Vater stand auf und ging aus der Küche, der Hund lief ihm nach. Beši, schrie Vater. Hau ab! Der Hund kam zurückgerannt, rutschte über das Linoleum, zwängte sich am Waschpulver vorbei und hinter die Waschmaschine.

Schau mal zur Decke, sagte die Arzthelferin. Sie tröpfelte mir Flüssigkeit ins Auge. Ein Tropfen rann meine Wange herab über die Oberlippe in den Mund. Ich versuchte Mutter zu ertasten, die Arzthelferin griff meine Hand. Der Arzt begrüßte mich, dann Mutter. Die Arzthelferin führte mich an einen Stuhl. Sie trat auf ein Pedal und ich fuhr ein Stück hinauf. Ich musste den Kopf vorstrecken und das Kinn auf ein Gestell legen. Sie legte mir ihre Finger an die Schläfen und rückte meinen Kopf zurecht. Beweg dich nicht, mein Kleiner, sagte sie und setzte sich auf einen Stuhl an der Wand mir gegenüber, sie schlug die Beine übereinander. Sie trug weiße Strümpfe und Sandalen.

Der Arzt atmete mir ins Gesicht. Bleib vorn, sagte er und sah mir in die Augen.
Sie sind zu spät, sagte der Arzt. Er saß an seinem Schreibtisch. Ja was, sagte Mutter. Ja nichts was, sagte der Arzt. Ich saß auf dem Stuhl neben ihm. Der Junge bekommt eine Augenklappe über das gute Auge. Damit er das schlechte trainiert. Es wird nicht helfen. Er ist bereits zu alt. Wir versuchen es trotzdem. Zusätzlich schicken wir ihn in eine Schule für Augenkranke, eine Sehschule. Damit er lernt, mit dem schlechten Auge richtig zu sehen. Mutter sah aus, als würde sie schlafen. Verstehen Sie, was der Arzt Ihnen sagt, fragte die Arzthelferin. Aber ja, sagte Mutter.
Auf dem Küchenboden war eine Lache. Ich blieb in der Tür stehen. Lumpi, lockte Mutter den Hund, sie tat so, als hielte sie zwischen den Fingern ein Leckerli. Der Hund kam hinter der Waschmaschine hervor. Mutter packte ihn am Nacken, schüttelte ihn und drückte ihm die Schnauze in die Lache, den ganzen Hund drückte sie hinein, wischte mit dem Hund den Boden auf und schmiss ihn dann, von dort wo sie stand, dass er flog, an mir vorbei in den Flur. Ich betrat die Küche. Ich ging um die nasse Stelle, stieg auf die Küchenbank und sah aus dem Fenster. Im Hof auf der Teppichstange saß ein Spatz, ich sah ihn gut. Sivo, sagte Mutter, vsedi se sem. Ich setzte mich neben sie. Mutter zog mir die Augenklappe über. Sie presste den Handrücken gegen den Mund und stieß Luft durch die Nase. Sie beugte sich zu mir, legte mir ihre Hände auf die Schultern und lachte mir ins Gesicht. Ihr

Haar berührte meine Stirn. Sie seufzte, streichelte mir den Kopf und tätschelte meine Wange. Sivo, Sivo, sagte sie und lachte dabei. Oprosti. Entschuldige. Oh, Sivo, moj Sivo, oprosti.

Ich schwitzte im Regenmantel. Die Kapuze scheuerte an den Ohren, die Gummistiefel waren mir zu groß und blieben im Schlick stecken. Ich sah den Weg nicht, nur Vaters gelbe Gummistiefel. Der Wind war stärker geworden, über mir schloss sich das Schilf. Vater hatte gesagt, das würde mir gut tun. Wir waren durch ein Loch im Zaun geklettert. Hitro, hatte Vater gesagt. Beeilung. Er hatte mir erlaubt, die Augenklappe hochzuschieben. Der Weg bog ab. Ich begann zu laufen, bald sah ich wieder Vaters Gummistiefel und Vaters Hände mit den behaarten Handrücken. In der einen Hand trug er die Angelruten, in der anderen den Kescher für die Fische und über der Schulter die Tasche mit den Angelhaken und Bleien, dem Silk und der grünen Plastikdose mit Erde und Würmern darin. Der Boden sank unter Vaters Schritt ein, Wasser sammelte sich im Stiefelabdruck. Am See war es still und die Luft war warm und schwer. Vater legte die Angelruten und den Kescher in den Kies. Daneben breitete er eine karierte Decke aus. Dann steckte er die Ruten zusammen. Er gab mir die kürzere und hielt mir die offene Dose hin. Aus dem Klumpen Erde ragten Grashalme. Ich zog einen Wurm heraus. Ich rollte ihn zwischen den Fingern. Zweimal stach ich den Angelhaken durch

den Wurm. Vater stand bei mir. Ein Regentropfen fiel mir auf den Daumen. Glej, sagte Vater. Schau. Der See brodelte. Fische wälzten sich und sprangen, Rückenflossen durchschnitten die Wasseroberfläche. Über dem See lag ein schwarzer Nebel, Mücken und Fliegen. Vaters Rute pfiff durch die Luft, das Silk rollte sich ab und die Spule surrte. Erst schlug das Blei auf das Wasser, dann der Köder. Ich holte aus. Ich ließ das Silk los, als ich das Gewicht des Bleis über mir spürte. Der Köder fiel vor mir ins flache Wasser. Vater stellte seine Rute ab und nahm mir meine aus den Händen. Er zog den Köder ein, warf ihn aus, weit in den See.
Ich saß auf der Decke. Vater nahm einen Aal vom Haken und warf ihn zu den anderen in den Kescher. Dann holte er meinen Köder ein. Im flachen Wasser zappelte ein Fisch, er hatte Streifen, einen goldenen Rücken und einen silbernen Bauch. Vater warf ihn zurück. Rabi še, sagte er. Der braucht noch. Aus dem Schilf trat ein Mann mit Regenhut. Guten Abend, sagte er. Abend, sagte Vater. Der Mann hatte die Hände in den Jackentaschen, er war kleiner als Vater. Beißen sie, fragte er. Ja, sagte Vater. Kann ich den Angelschein sehen? Der Mann stieß einen Stiefel in den Kies, ein Stein schlug mir gegen die Schuhsohle. Sie benötigen einen Angelschein! Vater hob die Schultern. Haben Sie keinen Angelschein? Vater senkte den Kopf. Der Mann zog Block und Stift aus der Jacke, er notierte Name und Adresse. Packen Sie ein! Er zeigte auf das Angelzeug, dann auf mich. Vater rieb sich den Nacken und verschränkte die Arme.

Der Mann hob den Kescher aus dem Wasser, der sich vom Gewicht der Aale wölbte, er schüttete die Aale zurück ins Wasser.

Tu, sagte Mutter. Hier. Eine Treppe führte zu einer Milchglastür. Pejdi, sagte Mutter. Komm. Ich blieb stehen. Sie zog mich zu sich auf die erste Treppenstufe. Ich will nicht, sagte ich. Aus ihrer Handtasche nahm sie ein Feuerzeug und eine Schachtel Zigaretten. Ich bin müde, sagte ich. Sie zündete sich eine Zigarette an. Kak ne, ob sedmih. Wie nicht, um sieben. Sie blies Rauch durch die Nase. Blöde Leute, sagte sie und nahm einen tiefen Zug. Sie zupfte mir die Augenklappe zurecht. Armes Kind. Ihre Finger waren kalt. Sie warf mir die Zigarette vor die Füße. Gremo zdaj, sagte sie. Ich nahm ihre Hand, wir stiegen die Treppe hinauf. Die Tür der Sehschule war verschlossen. Mutter klingelte, wir warteten. Gremo, sagte sie und wir gingen weg.
Mutter ließ mich in die Wohnung. Der Schlüssel steckte, der Schlüsselanhänger schlug gegen die Tür. Mutter war draußen stehen geblieben. Sie gab mir einen Kuss, dann zog sie mir die Augenklappe vom Kopf. Adio, sagte sie und winkte. Adio. Die Tür fiel ins Schloss. Sie zog den Schlüssel ab. Ich rannte den Flur entlang in die Küche und drückte den UKW-Knopf am Küchenradio. Ich öffnete die Tür des Elternschlafzimmers. Ich sah nach, ob jemand hinter der Tür stand. Es war kühl, die Gardinen bewegten sich. In meinem Zimmer

waren die Fensterläden geschlossen. Ich drückte den Lichtschalter, das Licht ließ ich brennen. Hinter der Wohnzimmertür stand der Ölofen und hinter dem Ölofen die fettige Ölkanne. Lumpi, rief ich. In der Küche vor dem Herd war eine Lache. Der Hund saß hinter der Waschmaschine. Lumpi, lockte ich den Hund. Er wedelte mit dem Schwanz. Ich packte ihn am Nacken, zog ihn über den Boden. Ich tunkte seine Schnauze kurz in die Lache. Ich tat es nochmal und ein drittes Mal. Dann ließ ich ihn los, sofort verschwand er wieder hinter der Waschmaschine.

Vater lag hinter mir auf der Couch. Er hatte den Arm um mich gelegt, seine Fingernägel waren schmutzig. Ich fasste seinen Daumen, drückte ihn weg von mir. Vater machte eine Faust, die Sehnen traten hervor, er quetschte meine Hand. Kmetna roka ma moč, sagte er. Stark ist die Hand des Bauern. Es tat weh. Meine Finger hatten weiße Abdrücke. Ich steckte sie in den Mund und saugte an den Fingerspitzen. Vater erzählte von einem Dieb, der gehängt werden sollte. Sein letzter Wunsch sei gewesen, die Mutter zu küssen. Die Mutter habe dem Sohn darauf unterm Galgen einen Kuss geben wollen. Da habe er ihr die Nase abgebissen. Zato, ker me nisi vzgojla! Dafür, dass du mich nicht erzogen hast, habe der Dieb ihr gesagt. Razumeš, fragte Vater. Verstehst du? Die Türglocke schellte. Vater setzte sich auf. Odpri, sagte er. Mach auf. Er ging selbst. Ich rutschte zurück in die Kuhle, die Vater hinterlassen hatte. Guten Tag Herr Hain, hörte ich Vater sagen. Grüß Gott. Sie besitzen doch einen Hund, sagte Herr Hain. Ja, sagte Vater. Der muss weg. Der kleine Hund, sagte Vater. Bringen Sie ihn fort. Sonst fliegen Sie aus dieser Wohnung, aber schneller, als Sie glauben. Sie stinken mir doch nicht das Haus voll, mit dem Scheißhund. Die Wohnung ist viel zu klein. Der scheißt doch alles voll. Ja, sagte Vater. Ihre Frau darf das Fahrrad nicht mehr an der Hauswand abstellen. Ja, sagte Vater. Stellen Sie es in den Keller, meinetwegen in die Waschküche. Nicht an die Wand! Ja, sagte Vater. Grüß Gott, sagte Herr Hain. Vater schloss die Tür. Er ging am Wohnzimmer vorüber durch den Flur. Sein Gesicht war rot. Er ging in die Küche. Als Mutter kam, war er noch immer dort. Ich lag auf der Couch. Mutter war bepackt mit Einkaufstüten. Ein Laib Brot, ein Halbweißes, fiel ihr herunter und wickelte sich aus dem Papier, es hinterließ eine Mehlspur auf dem Teppich. Glej kaj mam, sagte sie. Schau, was ich habe. Za tebe. Für dich. Sie hielt eine Schultüte hoch, blau mit gelben Affen, die sich an den Schwänzen hielten und tanzten.

II

Er wird nicht alt werden, sagte Tante Anna. Er wird keine Kinder haben. Er wird ertrinken. Sie zeigte Mutter die Stelle im Satz, am Boden der Tasse. Nehaj, sagte Mutter. Hör auf. Sie gab mir einen Klaps auf den Hinterkopf. Tante Anna trug eine Hornbrille, ihr linker Arm war aufgedunsen. Nimm dich vor Wasser in Acht, Sivo! Sie fuhr sich mit der Hand über das Gesicht, kratzte mit dem schwarzen Fingernagel ihre Wange. Vedno je bolan, sagte Mutter. Immer ist er krank. Haarbüschel fielen in meinen Schoß. Schau dir seine Hände an, sagte Tante Anna. Er hat noch nie gearbeitet. Was bist du nur für ein Bub, Sivo?! Mutter drückte mir den Kopf auf die Brust, fuhr mir mit der Hand in den Scheitel, Haarspitzen rieselten herab. Machst du uns noch einen Mokka, fragte Tante Anna und rieb ihre Beine aneinander, die teigige Haut mit den Krampfadern. Mutter legte die Schere aus der Hand, sie drückte den Schalter am Herd, nahm den Anzünder vom Haken, es dauerte, bis das Gas sich entzündete. Wenn er könnte, sogar noch den Hintern würde er sich von dir abputzen lassen, rief Tante Anna. Mutter stellte einen Topf mit Wasser auf die Feuerstelle, dann gab sie drei Löffel Zucker auf zwei Löffel Mokka. Weißt du, was sie mir getan haben, sagte Tante Anna und erzählte von dem Räucherschinken, den sie aus Jugoslawien mitgebracht hatte. Zur Nachbarin sei sie gegangen, gleich am ersten Tag, und habe ihr den Schinken geschenkt. Für eine gute Nachbarschaft. Am nächsten Morgen habe der Schinken im Müll gelegen. Mutter zog mir das Handtuch von den Schultern. Er hat eine Frauenhaut, sagte Tante Anna. Er muss in die Sonne. Wann denn das in Gottes Namen gewesen sei, wollte Mutter wissen. Sie schlug mir die Haarspitzen vom Rücken. Hudiž, fluchte Tante Anna, vor neun Jahren!

Asthma, sagte der Kinderarzt, wenn es keine Allergie ist. Ich saß auf seinem Schoß, seine Hand lag auf meinem Rücken. Ob wir Katzen, Hasen oder Meerschweinchen hätten, wollte er wissen. Mutters Lidschatten war verschmiert, ein dunkler Strich, vom Auge über die Schläfe zum Haaransatz. Nein, sagte sie. Ob sie arbeite, fragte er. Mutter nickte. Der Kinderarzt trommelte mit den Fingern gegen meine Wirbelsäule. Ist die Wohnung sauber? Aber ja, sagte Mutter. Bei einer Hausstauballergie müssen Sie sehr auf Reinlichkeit achten. Ich arbeite, ich brauche das Geld, sagte sie, ich putze, wann ich kann. Mutter nahm die Hand vors Gesicht, sie musste niesen. Sie zog ein verknülltes Taschentuch aus dem Mantel und schnäuzte sich. Besonders unterm Bett sammelt sich gerne Hausstaub. Mutters wunde Nasenflügel glänzten. Ich putze, sagte sie, ich putze alles, auf meinen Knien rutsche ich und putze. Sie zeigte auf ihre Knie. Der Kinderarzt beugte sich vor. Ich glitt seinen Oberschenkel herab, folgte seinem Blick auf Mutters Beine. Sie müsse sorgfältig unterm Bett putzen, sagte er. Haben Sie jemand, der Ihnen hilft? Was soll mir helfen, sagte sie, alleine putze ich. Der Kinderarzt nahm die Hand von meinem Rücken und umfasste meinen Nacken. Wenn Sie arbeiten, wer kümmert sich um das Kind? Ich arbeite, sagte sie, er geht in die Schule. Sie arbeiten nur am Vormittag? Mutter wischte sich mit dem Handrücken über die Stirn. Ich komme zurück um drei, sagte sie, er kann doch drei Stunden allein sein? Sie sind geschieden, fragte er. Was bin ich geschieden?! Wegen Ihrem Ring, Sie tragen noch Ihren Ehering?! Was bin ich dann geschieden, sagte sie, ich bin verheiratet, dann bin ich doch nicht geschieden, wegen meinem Ehering?! Wieso haben Sie gesagt, Sie leben allein?! Mutter stemmte ihre Hände in die Hüften, starrte auf meine Hose, über meinem Schienbein war ein Fleck und ihr Blick hing an diesem Fleck. Haben Sie mich falsch verstanden, sagte Mutter. Dann berichtigte sie sich. Sie haben mich falsch verstanden.

Vater legte mir den Arm um die Schultern und zeigte mit dem Finger. Mercedes, sagte er. Aus dem Mercedes stieg ein Ministrantenkind und schlug die Beifahrertür zu. Es raffte sein Ministrantenkleid und rannte durch das Eisentor, den Hügel hinauf. Hinter dem Steuer des Mercedes saß eine Frau. Um drei hol ich dich, rief sie aus dem Wagen. Hörsch du mich! Ja Mami! Das Ministrantenkind verschwand hinter der Kuppe. Der

Wagen fuhr los, Abgase bliesen gegen mein Bein. Der breite Weg führte über den Hügel, dann verzweigte er sich. Der Kies auf dem Friedhof hatte eine gelbe Farbe. Ich ging neben Vater zwischen Hecken und Gräbern. Er blieb vor einem Steinbecken stehen, mit Gießkannen auf dem Beckenrand. Er griff ins Wasser und rieb sich den Nacken ein. Ich berührte die Wasseroberfläche mit den Fingerspitzen, da klatschte Vater mir eine Ladung ins Gesicht. Es gäbe nichts Besseres gegen Kälte. Najbolše če ti je mrzlo. Eine Glocke begann zu läuten. Ich fand den Glockenturm zwischen Baumwipfeln, daneben ein Kamin, ein Rauchfaden stieg zum Himmel.
Hočeš ga ubit?! Ob er mich umbringen wolle, rief Mutter und zog mir den Kragen aus der Jacke. Der Pfarrer hob die Arme und begann zu beten. Eine Treppenstufe unter ihm stand das Ministrantenkind und hielt den Kopf gesenkt. Ein alter Esel sei Vater, flüsterte Mutter, ich sei ganz nass, ich würde noch eine Lungenentzündung bekommen. Vater trat von einem Fuß auf den anderen. Mutter hielt die Hände gefaltet, ihre Knöchel wurden weiß. Sie drückte die Daumen gegen ihre Lippen. Lobe den Herrn, meine Seele, und vergiss nicht, was er dir Gutes getan hat, predigte der Pfarrer. Mutter tippte mir auf die Schulter, in der Faust hielt sie ein Taschentuch. Kaj je Gutes, fragte sie. Ich übersetzte ihr die Predigt. Vater sang mit kräftiger Stimme zum Choral, es war ein Summen und Trällern, er benutzte Fantasieworte. Der Pfarrer hob seine Stimme, er sprach über Tante Anna. Das

Ministrantenkind zog einen Ärmel hoch, schaute auf die Armbanduhr, faltete die Hände und senkte den Kopf. Mutter zupfte Vater am Jackett. Er beugte sich über mich, legte Mutter den Arm um die Schultern. Ihr Mund berührte fast sein Ohr. Ti me neboš pokopal tu, sagte sie. Du wirst mich hier nicht begraben.

Tante Annas Vorarbeiterin gab Mutter die Hand und sagte, einmal seien wir eben alle dran. Ich hielt mich an Vaters Ärmel fest. In den Augen der Vorarbeiterin standen Tränen und auf ihren Stiefelspitzen glänzten weiße Flammen. Mutter fuhr sich mit den Fingern durchs Haar, richtete die Frisur. Sie ging als erste an Tante Annas Grab, ihre Absätze stachen Löcher in den Rasen. Sie hob einen Tannenzweig aus einer Schale mit gesegnetem Wasser, ihr Mantel berührte das Gras, sie schlug ein Kreuz über dem Grab. Darfst dich ruhig trauen, sagte die Vorarbeiterin. Sie roch nach Alkohol. Lass laufen, sagte sie. Vater machte sich von mir los. Er stellte sich an den Rand des Grabs und beugte sich vor. Weinen, sagte die Vorarbeiterin. Sie fuhr sich mit den Fingern über das Gesicht, zog Linien von den Augenwinkeln zu den Mundwinkeln, zeigte mir, wie ich weinen sollte. Vater bekreuzigte sich. In meiner Nase begann es zu kribbeln, es brannte in den Augen, Tränen liefen meine Wangen herab. Als Vater zurückkam, legte er die Hand auf meinen Kopf.

Plav, mein Vetter, drehte sich eine Zigarette. Er rollte das Blättchen dicht vor der Nase, seine Wangen waren feucht. Seine Brille lag neben dem

Tabak. Zelena, meine Cousine, hatte die Schultern bis zu den Ohren gezogen, auf ihrer Stirn glänzte ein Pickel zwischen den Strähnen. Mutter schob den Tabak zur Seite und stellte einen Teller vor Plav. Wollen Sie viel lieber noch etwas trinken, fragte Mutter. Die Vorarbeiterin hob ihr halbvolles Glas. Vater sprang vom Stuhl auf, zog eine Bierflasche aus dem Kasten und öffnete sie mit dem Feuerzeug. Mutter holte aus der Küche Gläser mit Ajvar, in denen weiße Plastiklöffel steckten. Vsedi se prav! Setz dich mal richtig, rief Mutter. Zelena seufzte, ihre Haarspitzen berührten den Tellerrand. Mutter schöpfte eine Kelle Kartoffelsalat auf den Teller der Vorarbeiterin. Nehmen Sie, sagte sie, essen Sie, ich gebe Ihnen. Noch Ajvar, fragte Vater. Die Vorarbeiterin hob die Hände zum Kopf. So ein Teufelszeug, rief sie und fächelte sich Luft zu. Plav blies Rauch über den Tisch, eine Träne tropfte vom Kinn auf die Tischdecke. Mutter trug einen Topf ins Zimmer. Schau dich an, rief sie, ganz rot im Gesicht! Zelena zuckte zusammen. Sie solle sich endlich die Jacke ausziehen, sagte Mutter. Zelena knöpfte die Strickjacke auf und hängte sie über die Stuhllehne. In der Achselhöhle schimmerte ein Wirbel schwarzes Haar. Hasch Hunger, fragte die Vorarbeiterin und legte den Arm um Zelena. Mutter setzte sich auf den Hocker am Kopfende des Tisches, sie trank einen Schluck Wein. Plav zog die Augenbrauen zusammen. Hungern sei nicht schlimm, sagte er, schlimm sei, kein Brot mehr zu haben. Mutter gab ihm einen Klaps auf die Schulter. Was

er wieder rede, er solle ihr lieber eine Zigarette drehen.
Zelena zog die Hand aus der Regentonne und strich sich eine Strähne hinters Ohr. Vater hatte mich ihr nachgeschickt, als sie aus der Wohnung gerannt war. Willsch du Vaterle und Mutterle schpiele, fragte sie und zeigte auf den Mauerabsatz. Ich setzte mich. Rutsch nach hinten, sagte sie. Heb die Arme! Ich zuckte zusammen, sie hatte mich schon einmal geschlagen. Ich streckte meine Hände in die Luft. Zelena legte sich mir auf den Schoß, zupfte sich den Rock über die Unterhose. Jetzt musch du mich verhauen, sagte sie und spannte die Muskeln, dann koch ich dir Essen.

Mutter umwickelte meine Beine mit nassen Tüchern. Das Fieber stieg trotzdem. Sie telefonierte mit dem Kinderarzt. Ich lag auf der Couch, der Fernseher lief. Es war Abend und Vater bei der Arbeit. Mutter hatte ihren Mantel übergezogen, unterm Arm trug sie eine Decke. Sie sagte, der Kinderarzt würde nicht kommen, wir sollten zu ihm nach Hause, es sei nicht weit und das Taxi bald da. Sie zog mir Hose und Pullover über, Socken und Schuhe, die Winterjacke mit der Kapuze. Dann wickelte sie mich in die Decke. Vor dem Fenster war das Taxi zu hören. Draußen blies ein starker Wind, mit beiden Händen hielt ich die Decke vor meinem Kinn geschlossen. Mutter setzte sich zu mir nach hinten in den Wagen. Meine Zähne schlugen aufeinander. Vor dem Haus des

Arztes stand eine Reihe Tannenbäume, ein breites Fenster war erleuchtet. Drei Stufen führten zur Eingangstür. Mutter klingelte. Der Kinderarzt trug eine Krawatte. Im Haus mussten wir die Schuhe ausziehen. An den Wänden hingen Holzmasken, am Ende des Flurs fiel Licht durch das farbige Glas einer Tür, dahinter hörte ich Musik und Stimmen.
Bronchitis, sagte der Kinderarzt. Ich gebe ihm eine Spritze gegen das Fieber. Wenn es wieder steigt, dann geben Sie ihm eins dieser Zäpfchen. Ich saß auf einem grauen Tisch, in einer Kammer, mit gekacheltem Boden und zwei Holzstühlen. Mutter nahm ihm die Packung mit den Zäpfchen aus der Hand, lehnte sich zurück an die Wand neben der Tür. Sie hielt die Decke umschlungen. Einer ihrer Strümpfe hatte ein Loch, ihr kleiner Zeh sah hervor. Die Zäpfchen sind nicht zum essen, sagte der Kinderarzt. Aber ja, sagte Mutter.

Vater stand in der Tür des Krankenzimmers und hatte den Kragen der Jacke hochgeschlagen. Mutter saß am Kopfende des Bettes, ich betrachtete sie durch das Sauerstoffzelt. Ob ich schon schlafe, fragte er. Ich hatte die Augen geöffnet, aber ich bewegte mich nicht. Er solle leise sein, sagte Mutter. Ich sah Vaters schmalen Kopf neben Mutters Silhouette. Die Katze eines Arbeitskollegen habe Junge geworfen und das sei doch ein schönes Geschenk. Mali maček, flüsterte Vater. Ein kleiner Kater, als Überraschung, wenn ich nach Hause käme.

Der behandelnde Arzt hatte gesagt, ich müsse zehn Tage zur Beobachtung im Krankenhaus bleiben. Mutter hob die Arme. Maček, sagte sie. Was für ein Trottel er doch sei, wie er doch von überhaupt nichts wisse, wie ihn nichts auf dieser Welt interessiere. Was sie denn habe, fragte Vater und folgte ihr zur Tür. Er solle sie in Ruhe lassen, sagte sie, er sei ein Idiot und würde es immer bleiben.

Aus der Küche hörte ich das Radio spielen. Licht fiel auf die Bettdecke. Ich setzte mich auf. Die Tür stand einen Spalt offen. Es blendete mich. Mutter saß breitbeinig im Nachthemd am Küchentisch, die Ellbogen auf den Tisch gestützt, den Kopf in ihren Händen. Zwischen den Fingern hielt sie eine Zigarette. Ich rieb mir die Augen, setzte mich vor das Glas Kakao und den Teller mit dem Butterbrot. Mutters Haar war durcheinander, Strähnen hingen ihr ins Gesicht. Ich trank einen Schluck. Ich nahm das Butterbrot vom Teller und biss ringsum die Rinde ab. Pohiteti, sagte sie. Beeil dich. Hinter ihr auf dem Küchenschrank leuchtete der Anschaltknopf der Kaffeemaschine rot auf. Mutter streckte sich und gähnte. Ich zog mich an, holte den Schulranzen aus meinem Zimmer. Mutter stand mit verschränkten Armen vor dem Badezimmer. Nach dem Zähneputzen wusch ich mir das Gesicht. Mutter half mir in die Jacke. Ne pozabi, sagte sie. Nicht vergessen. Sie steckte mir das Asthmaspray in die Brusttasche. Bei Atemnot.

Ich blieb vor dem Schaufenster des Porzellangeschäfts stehen. In einer Glasvitrine auf einer Spitzendecke waren Figuren ausgestellt, ein lachendes Mädchen mit Zöpfen und roter Schürze, eine Kuh mit einer Blume auf dem Rücken und ein Rehkitz, es hatte die geteilten Hufe aus dem Porzellangras gehoben und beschnupperte sein Knie. Kann ich helfen? Eine Frau mit einer Lederhandtasche hatte sich zu mir heruntergebeugt, sie hielt den Kopf schräg. Die Straße aufwärts schaltete die Ampel auf grün. Hast du einen Anfall? Ich öffnete den Mund, sie umfasste meine Oberarme und schüttelte mich. Bekommst du Luft? Sie steckte mir einen Finger in den Mund, drückte meine Zunge herunter und sah mir in den Rachen. Ich zog das Asthmaspray hervor, hielt es ihr vors Gesicht, darauf ließ sie mich los. Ich drückte mir das Spray in den Mund.

Auf dem Schulhof warteten die Kinder auf das Läuten. Ich ging neben der Frau her. Sie fragte nach meinem Namen. Ich nannte ihn ihr und auch den Nachnamen. Bis hierhin und nicht weiter, sagte sie. Sie war stehen geblieben. Sie trug keine Socken, ihre Knöchel glänzten. Sie stand mit einem Schuh in einer Pfütze, sie tippte mit der Sohle auf, Wellen bildeten sich und es spritzte. Auf einmal verwuschelte sie mir das Haar. So ein blondes Kind, rief sie im Weggehen aus. Einige der Kinder schauten herüber und lachten.

Die Schüler drängten in den Eingang. Ein Junge, der eine blaue Strickmütze trug, schlug mit dem Kopf gegen den Türrahmen, er rieb sich die Stirn.

Ich hielt mich am Geländer fest, während ich die Treppe hinaufstieg. Im Schulhaus war es duster, nur in einigen Klassenzimmern brannte Licht. Ein größerer Junge stellte einem Mädchen ein Bein, es fiel hin und blieb weinend auf der Treppenstufe sitzen. Vor dem Klassenzimmer sprang Sascha auf und ab. Als ich schon an ihm vorbei gegangen war, fragte er mich, ob ich wieder gesund sei. Nicht ganz, sagte ich. Im Zimmer roch es nach Butterbroten und Wurst. Carmen saß auf meinem Platz, außen in der ersten Reihe, der Platz neben ihr war frei. Ich öffnete den Schulranzen, zog die Tafel heraus, den Schwamm und die Kreidegriffel. Sie sah mir dabei zu, ihr Mund stand offen. Ich benetzte meinen Zeigefinger mit Spucke. Die Lehrerin hat mich weggesetzt, sagte sie. Ich putzte einen Kreidefleck von der Tafel. Hast du heute keine Blumen für die Lehrerin dabei? Nein, sagte ich. Es läutete zum zweiten Mal. Sascha setzte sich neben mich. Aus seiner Nase lief Rotz, er leckte sich über die Oberlippe. Carmen hatte die Stirn auf die Tischplatte gelegt, sie trat mit dem Fuß gegen das Tischbein, bei jedem Tritt machte der Tisch einen Satz. Sascha grunzte, er lachte darüber und schrie. Die Lehrerin kam herein. Setzt euch. Sie blieb vor meinem Platz stehen. Ich hätte einiges verpasst und müsse vieles aufholen. Nicht wahr Kinder, wir helfen ihm? Sie gab mir ein Buch. Lektion drei, sagte sie. Seite achtzehn! Die Kinder blätterten die Seiten um. Was hat Uli da gemacht, fragte die Lehrerin. Es wurde gemurmelt. In dem Buch waren Zeichnungen eines behaarten

Teufels, der kurze rote Hosen trug. Hat es jemand herausgefunden? Im Klassenzimmer wurde es still. Ich hob den Arm. Sascha zupfte mich am Ärmel. Uli der Fehlerteufel hockte auf einer Schulbank, er hatte alle Schiefertafeln von den Plätzen der Kinder gestohlen, sein Schwanz kringelte sich, in seinen Krallen hielt er ein Stück Kreide. Die Lehrerin lächelte. Ich stand von meinem Platz auf. Carmen zwickte mir in die Kniekehle. Was hat Uli gemacht? Hitze stieg mir ins Gesicht. Ich nahm einen tiefen Atemzug. Die Lehrerin musste die Klasse ermahnen, ruhig zu sein. Er quält die Kinder, bis sie tot sind.

III

Vrži, rief Vater. Ich holte aus und rannte auf das Wasser zu. Vaters Stein tanzte über die Wasseroberfläche. Werfen, rief er. Ich warf, mein Stein versank. Vater zog einen Stein aus dem Schlick und rieb ihn zwischen den Fingern. Iz Handgelenk, sagte er und warf. Blätter zerrissen, der Stein traf einen Baumstamm. Vater ging über die Wiese den Hügel hinauf. Er trug eine orange Perücke, er sammelte Steine vom Boden. Vor meine Brust war eine Plastikrüstung geschnallt. Ich trug einen Helm, ein Schwert hing an meinem Gürtel. Er sei der beste Steinewerfer im Dorf gewesen, sagte er. Er warf einen Stein gegen den Mast der Straßenlaterne. Er habe die Isolierkappen der Hochleitung in Scherben geworfen. Isolierkappen iz Porzellan, sagte er und warf. Er machte das Geräusch nach, wenn sie zersprangen. Ein trockener Ast krachte durch das Blätterdach. Vater klatschte sich die Hände sauber.
Aus den Lüftungsschlitzen im Auto blies warme Luft. Eine verkleidete Frau schob ein Fahrrad über die Straße, die Larve hing ihr über den Rücken, sie hielt einen Holzstock mit einer Saublase in der Hand. Vater kurbelte das Fenster herunter, kalte Luft zog mir über die Arme und das Gesicht. Er streckte seinen Kopf aus dem Wagen. Narri, rief er. Die Frau stieg auf das Pedal, stieß sich ab und radelte davon.
Wir standen auf einem Parkplatz, zusammen mit anderen Eltern und anderen verkleideten Kindern.

Eine Kapelle kam die Straße herauf und spielte Blasmusik. Vater nahm mich an der Hand und begann, von einem Bein aufs andere zu hüpfen. Wir rannten der Kapelle entgegen, machten Sprünge zur Musik. Der Helm rutschte mir in die Stirn. Hinter der Kapelle liefen Kinder her, es waren die befreiten Schulkinder. Ich versuchte mich hinter Vater zu verstecken, ich drückte seine Hand, ich hatte die Befreiung geschwänzt. In der Unterführung hatte ich eine Zeit in der Nähe unserer Wohnung gewartet, dann war ich wieder nach Hause gegangen. Hinter den Befreiten liefen die Holzhauer, an ihren Hüften steckten Äxte in Lederschlingen, sie trugen Bärte und hatten rote Wangen. Vater zog einen Pfennigkracher aus seiner Hosentasche. Er zündete die Lunte mit einem Feuerzeug an und hielt mir den Kracher vors Gesicht. Nimm, rief er. Ich hob die Hände vor meine Augen. Er warf den Kracher hoch über die Köpfe der Leute.

Die Holzhauer zogen einen Baum an Stricken hinter sich her. Der Stamm bog sich zwischen zwei Wagen. Nočeš pomagat, fragte Vater. Willst du nicht helfen? Kinder halfen, den Baum zu schieben, bei jedem Schritt stemmten sie sich gegen den Stamm. Vater gab mir einen Stoß. Trau dich, sagte er. Es ist für Kinder. Hinter einem Mädchen mit roten Zöpfen und Ringelsocken war ein Platz frei. Ich legte meine Hände an den Stamm, der behauen war und nackt. Ich ging im Gleichschritt und stampfte bei jedem Schritt auf, wie vor mir das Mädchen. Vater blieb stehen, er schob die Hände in die Hosentaschen. Der Schweiß lief mir in die Augen. Auf einmal packte mich eine Faust am Kragen und riss mich von meinem Platz. Holzhauer, lass ihn doch, hörte ich Vater rufen. Ich streckte meine Arme nach dem Baumstamm und sah mich nach einer besseren Stelle um, an der ich hätte schieben können. Der Holzhauer stellte sich mir in den Weg. Wirsch du wohl verschwinde! Er drohte mit der Hand. Ich ballte die Fäuste. Dann hörte ich Trommeln hinter mir. Die Garde in rotweißen Uniformen marschierte auf mich zu, Gardisten schoben eine Kanone vor sich her, aus dickem Stahl, mit einer schmalen Öffnung, auf schwarzen, lackierten Holzrädern. Ein Gardist mit weißen Handschuhen hielt ein Seil in der Hand, er zog daran. Da ergriff mich Vater und zerrte mich aus dem Weg.

Ich saß auf der Küchenbank und zog mir die Schuhe aus. Vater nahm die Salami aus dem Kühlschrank und schnitt sie in Scheiben. Er hielt mir eine Scheibe hin. Ich wollte sie ihm aus den Fingern nehmen, aber er steckte sie mir in den Mund. Er trage drei Paar Socken, sagte er und zeigte auf seine Füße, dann leckte er sich den Finger ab. Er stellte das Hackbrett mit der Salami auf den Tisch und schnitt Brot. Ich müsse aufpassen, sagte er und setzte sich zu mir. Er erzählte von einem Ehepaar, das beschlossen hatte, einander zu überleben. Die Frau habe dem Mann jeden Morgen ein hartes Ei gekocht. Der Mann jedoch habe der

Frau nachts, wenn sie eingeschlafen war, die Decke von den Füßen gezogen. Vater schlug mit den Knöcheln auf den Tisch, dann zeigte er auf mich. In ona je prva omrla, sagte er und lachte. Sie war als erste gestorben. Er biss ein Stück Rinde vom Brot. Pasi se mrzlih nog. Hab Acht vor kalten Füßen.
Mutter hängte ihren Mantel an die Garderobe. Sie nahm den grünen Filzhut ab und zog sich die Stiefel aus. Auf ihrer Nasenspitze war ein roter Farbtupfer, auf der Wange ein weißes Herz. Vater saß am Schreibtisch, er lernte Deutsch aus gelben Heften. Er hatte sich bei einer Fernschule angemeldet, für einen Abschluss als Techniker. Mutter zog sich den Rock übers Knie. Pizda, fluchte sie. Sie hatte eine Laufmasche entdeckt. Ich saß auf der Couch, der Fernseher war an. Mutter ging ins Bad. Ob es noch genug Arbeit für sie gäbe, wollte Vater wissen. Später kam sie zurück, setzte sich in den Sessel, streckte die Beine aus. Kaj praviš, fragte sie. Was sagst du? Ihr Gesicht war sauber und ihre Beine nackt. Vater schlug den Bleistift auf die Schreibtischplatte. Er solle nicht spinnen, sagte sie. Er stand auf und ging aus dem Zimmer. Sie nahm die Fernsehzeitung vom Tisch. Kako je bilo? Wie war es? Gut, sagte ich. Vater hatte sich ein Glas Wasser aus der Küche geholt, er setzte sich an den Schreibtisch zurück, rückte die Schreibtischlampe zurecht. Ob osmih pride en film od Visconti, sagte Mutter, s Alain Delon pa s Claudia Cardinale.

Lars ließ seine Beine von der Parkbank baumeln, auf seinem Schoß einen Haufen Kieselsteine. Er trug ein Leinengewand, auf dem Kopf einen Lorbeerkranz, ein Umhang aus rotem Samt lag um seine Schultern. Er warf die Kieselsteine einzeln in den Springbrunnen. Ich übte Mutters Unterschrift auf einem Blatt Papier. Er solle nicht zappeln, sagte ich. Ich zeigte ihm ihre Unterschrift auf einem Überweisungsdurchschlag, die gefälschte hielt ich daneben. Er kaute auf einem Fingernagel. Er könne beide nicht lesen, sagte er. Er nahm eine Faust voll Kieselsteine und warf sie in den Brunnen. Ich gab ihm das Blatt und den Durchschlag zu halten und kramte in meinem Rucksack. Als ich mein Zeugnis hervorzog, sah ich den Durchschlag durch die Luft wehen, das Blatt Papier lag noch auf der Bank. Ich schlug danach. Lars zog sich den Lorbeerkranz in die Stirn. Der Durchschlag trieb am Rand des Brunnens. Als ich ihn aus dem Wasser hob, klebte er an meinen Fingern. Das Papier war durchsichtig, Mutters Unterschrift verlaufen. Lars sah einer Gruppe Frösche nach, die einen Storch an einer Leine vor sich her trieben. Ich steckte mir das nasse Papier in die Hosentasche. Lars war zum Rand der Bank gerutscht, er hatte seine Ellbogen auf die Knie gestützt und mir den Rücken zugedreht. Ich zeichnete eine Unterschrift auf das Zeugnis, es war die Unterschrift, die auf dem Blatt Papier stand. Die Frösche begannen, Rosamunde zu spielen. Ich zeigte das Zeugnis Lars. Das ist Urkundenfälschung, sagte er.

Es sei gleich acht, sagte Vater. Ich solle umschalten. Nach der Wetteransage putzte ich mir die Zähne. Ich gab Vater einen Kuss, dann legte ich mich schlafen. Es war noch Nacht, als ich erwachte. In der Küche brannte Licht. Vater lag auf der Couch, das Fernsehbild flackerte über die Wände. Als ich wieder im Bett lag, kam er ins Zimmer. Ob ich nicht schlafen könne, fragte er. Doch, sagte ich. Er zog sich den Stuhl heran. Anstrengend sei es in der Schule, sagte er. Ich nickte. Hast du den Wecker gestellt? Ja, sagte ich. Dobro, sagte er. Er blickte sich im Zimmer um, das Licht aus dem Flur beschien sein Gesicht, die Haut unter seinen Bartstoppeln glänzte. Wie denn mein Zeugnis gewesen sei, wollte er wissen. Ich zog mir die Decke über die Arme. Nicht schlecht, sagte ich. Er stand auf und brachte mir eine Wolldecke. Sonst bleibst du wieder zu Haus, sagte er. Ich legte mich auf die Seite und zog die Beine an den Bauch. Zeig mal das Zeugnis. Ich habe es schon abgegeben. Er setzte sich wieder. Wann hast du es abgegeben? Ein Schlüssel drehte sich im Schloss, die Haustür schepperte, Mutter kam von der Arbeit nach Hause. Vater sprang vom Stuhl auf. Die Tür schlug hinter ihm zu.

Wir sind zu spät, sagte Lars. Ich griff ihn am Henkel seiner Schultasche. Schüler rannten über den Hof. Duck dich, sagte ich. Wir kauerten uns hinter die Mülltonnen. Eine ältere Schülerin zog ihre Tasche hinter sich über die Pflastersteine, das Haar hing

ihr ins Gesicht, bei jedem Schritt rutschte ihr der Pullover hoch und zeigte ein Stück Haut. Wie kommen wir hier weg, fragte Lars. In seinen Augen standen Tränen. Hinter den Fensterscheiben setzten sich die Schüler. Eine Lehrerin schrieb mit weit ausholenden Bewegungen ein Wort an die Tafel, um das Wort zeichnete sie ein Kreideherz.
Die Spitzen der Grashalme waren mit Raureif überzogen. Nässe war durch die Schuhe gedrungen, unsere Hosenbeine hatten sich von der Feuchtigkeit dunkel verfärbt. Ich zittere, sagte Lars. Mir ist auch kalt, sagte ich. Das Gras quietschte unter den Sohlen. Lars atmete in Stößen. Der Tau fing sich in den Augenbrauen und machte sie schwer. Das Pedal schlug Lars gegen die Wade. Pass auf, dass du nicht fällst. Das Gras macht Flecken, sagte ich. Er griff mich am Ärmel. Wohin jetzt? In der Stadt wird man uns sehen. Nach Hause kann ich nicht, sagte er. Ich brachte ihn zur Unterführung. Er suchte aus seiner Geldbörse Kleingeld zusammen. Ich lief über die Straße. Am Kiosk kaufte ich Cola und Schokolade. Ein Auto hupte, ich hörte das Quietschen einer Bremse. Lars schob sein Rad über die Straße. Er stellte sich in die Ecke, wo der Verkäufer ihn nicht sehen konnte. Jemand sei die Treppe herunter gekommen, sagte er mit schweißnassem Gesicht und seine Augen glänzten.
Lars brach sich ein Stück Schokolade ab und steckte es in den Mund. Du hast wohl Schokolade nicht sehr gerne, fragte er. Das macht Löcher in die Zähne, sagte ich. Die Schokoladentafel lag zwischen uns auf der Bank. Ich hob einen Stein vom

Boden und warf ihn in den See. Er zog den Verschluss der Dose ab und ließ ihn zwischen die Füße fallen. Ich putze mir die Zähne regelmäßig, sagte er. Trotzdem, sagte ich. Er schwieg und kaute. Er nippte an seiner Cola. Wenn ich aufhöre zu essen, isst du sie! Du hast schon über die Hälfte, sagte ich. Lars musste lachen.
Der Schwan plusterte sein Gefieder auf, der Flügelschlag knallte. Ich stellte mich auf einen Stein im Wasser und rieb einen flachen Kiesel zwischen den Fingern. Kannst du das auch, fragte ich. Lars saß mit angezogenen Beinen auf der Bank. Der Kiesel berührte die Wasseroberfläche, traf auf einen Wellenkamm, sprang ab und schlug gegen den Hals des Schwans. Lars stieß einen Schrei aus und hob die Hände vors Gesicht. Der Schwan drehte sich auf den Rücken. Lars sprang von der Bank auf, packte sein Fahrrad, er zerrte am Lenker. Die Dose lag zwischen den Steinen und Cola sprudelte heraus. Lars radelte davon, ohne sich umzusehen. Der tote Vogel trieb am Ufer entlang. Die Schwimmfüße schlossen sich zu schwarzen Fäusten. Wasser sickerte mir in die Schuhe.

Ob ich noch nicht schlafe, fragte Mutter. Sie beugte sich zu mir, um mich zu küssen, dabei streifte sie den Mantel von den Schultern, in den Stofffalten hing kühle Luft. Ich saß auf der Couch, eine Schale mit Keksen auf dem Schoß, der Fernseher war an. Vater trat gegen den Sessel. Ob er jetzt endgültig verrückt geworden sei, wollte

Mutter wissen. Er ging aus dem Zimmer. Er solle sich nicht so haben, rief sie ihm nach. Sie setzte sich neben mich auf die Couchlehne, legte den Mantel in den Schoß, vergrub die Hände darin. Ich bin nicht dein dummer August, rief Vater aus der Küche. Was bist du? Mutter klatschte sich auf den Schenkel. Reči še enkrat! Sag's noch mal! Plötzlich stand Vater in der Tür, er biss sich auf die Unterlippe. Mutter kicherte in ihre Hand. Wo er denn solche Ausdrücke gelernt habe? Wenn ich die Prüfung bestanden habe, rief er, wird das aufhören! Dann gehst du mir nicht mehr arbeiten! Kaj, schrie Mutter und warf ihm den Mantel nach. Nur wegen ihm müsse sie doch arbeiten.

Kniest hier auf dem nassen Boden. Ohne Strümpfe. Wirst noch deine Nieren verkälten, sagte Mutter. Maria winkte ab. Ai ché! Nieren! Nieren! Sieh dir Hände an. Stinken und sind faul. Maria roch an ihren Fingerspitzen. Aus dem Wassereimer ragte ein Holzstiel, Gummihandschuhe hingen über dem Eimerrand. Sie nahm meinen Kopf zwischen die Hände und gab mir einen Kuss auf den Mund. Was verziehst du Gesicht? Hast mal schönere Frau geküsst? Maria lachte. Willst du bisserl Schokolad? Wart, ich hab was in Tasche. Sie kramte einen Klumpen Silberpapier aus der Schürze. Wir haben noch Termin, sagte Mutter. Maria schälte silberne Fetzen von der Schokoladentafel. Beiß ab, sagte sie. Ich trat einen Schritt zurück. Vom Ende des Gangs rief die Klassenlehrerin. Maria beugte sich über den Eimer und tauchte die Hände in das Putzwasser.

Vor dem Schreibtisch standen zwei Stühle und ein Hocker. Ich nahm den Hocker. Die Klassenlehrerin rückte ihren Stuhl ein Stück von dem Platz, an den Mutter sich gesetzt hatte. Schließen Sie bitte die Tür, sagte der Rektor. Die Klassenlehrerin tippte sich mit dem Finger auf die Brust. Er hob die Hände vom Tisch. Sie stand auf und drückte die Tür ins Schloss. Mutter lächelte dem Rektor zu. Ich habe hier das Zeugnis Ihres Sohnes, sagte er. Haben Sie das schon einmal gesehen? Er hielt es aufgeschlagen über den Schreibtisch. Mutter ließ sich in den Stuhl zurückfallen, sie verschränkte die Arme. Was ist mit dem Zeugnis, er ist ja nicht durchgefallen. Sie müssen Ihren Sohn nicht in Schutz nehmen, sagte die Klassenlehrerin. Was soll ich ihn in Schutz nehmen, glauben Sie ich bin dumm, weiß ich nicht mehr, was ich unterschreibe?! Sehen Sie sich die Unterschrift bitte einmal an, sagte der Rektor. Wir sind überzeugt, dass Ihr Sohn die Unterschrift gefälscht hat. Sie sagen, mein Sohn ist ein Betrüger?! Die Klassenlehrerin stieß Luft durch die Nase. Auf diese Weise helfen Sie ihm nicht. Sie sagen mir nicht, mein Sohn ist ein Betrüger! Der Rektor seufzte, er lehnte sich zurück. Die Klassenlehrerin stand auf, nahm die Türklinke in der Hand. Sie bat Mutter, das Zimmer zu verlassen.

Urkundenfälschung ist strafbar, sagte der Rektor. Es ist ein Verbrechen und kein Spaß. Wenn du es getan hast, wirst du von der Schule verwiesen. Die

Klassenlehrerin nickte. Dann fragte er mich, ob ich es getan habe. Ich hob meinen Rucksack vom Boden, fädelte die Schnalle auf und zog meine Klassenarbeitshefte hervor. Bitte, sagte ich, darf ich Ihnen etwas zeigen. Meine Fingerspitzen waren kalt. Ich schlug das erste Heft auf, es war das Matheheft. Zuhause hatte ich Zettel zwischen die Seiten gesteckt. Sehen Sie sich die Unterschriften an, sagte ich. Vergleichen Sie die Unterschriften mit der Unterschrift auf dem Zeugnis. Ich legte Heft um Heft vor den Rektor. Sehen nicht alle aus, sagte ich, als seien sie von einem Kind? Die Klassenlehrerin rückte an die Seite des Rektors, beide beugten sich über die Hefte. Es sind die Unterschriften meiner Mutter, sagte ich und lachte auf. Sie schreibt wie ein Kind. Ich werde doch nicht alle Unterschriften gefälscht haben?! Du sprichst ganz gut Deutsch, sagte der Rektor.

Ich hörte Marias Lachen und Mutters Stimme. Beides verstummte, als die Klassenlehrerin unseren Familiennamen durch den Gang rief. Mutters Absätze klapperten über den Steinboden. Sie grinste, als sie durch die Tür trat. Der Rektor bat Mutter, sich nochmals zu setzen. Während er sprach, strich sie mir über den Rücken. Sie roch nach Zigarettenqualm. Ihrem Sohn fehlt es an moralischer Reife. Sein beständiges Wegbleiben wirkt zersetzend auf die Klassengemeinschaft. Für die meisten anderen Kinder ist er ein schlechter Umgang. Wir sprechen daher eine Empfehlung aus, sagte der Rektor. Die Klassenlehrerin gab mir die Hefte zurück. Es sei besser, sagte der Rektor, wenn ich ab dem kommenden Schuljahr die Hauptschule besuche. Haja, sagte Mutter und zuckte mit den Achseln, sie drückte meine Schulter. Der Rektor blickte zum Fenster, umfasste die Stuhllehne. Er drückte sich aus dem Sessel, trat ans Fenster, schob die weißen Fensterriegel zur Seite. Sie haben keine Beweise, sagte ich. Es ist Ihre Entscheidung, sagte er. Mutter hob meinen Rucksack vom Boden. Aber Sie haben doch nichts gegen mich in der Hand, rief ich und streckte ihm die Faust entgegen. Mutter zog mich aus dem Zimmer.

IV

Plav hielt den Arm ausgestreckt und die Hand zur Faust geballt. Er saß im Unterhemd auf dem Holzstuhl. Premakni ga, sagte er. Beweg ihn. Ich legte die Finger um das Handgelenk, die Adern schwollen ihm unter der Haut. Er stemmte die Fußballen gegen die Dielen. Er zwinkerte mir zu, packte mich vor der Brust am Hemd und hob mich in die Höhe. Ich streckte die Zehen zum Boden, das Hemd rutschte mir aus der Hose. Plav hob mich unter die Dachschräge, er presste mir den Rücken gegen die Holzdecke. Sein Arm begann zu zittern. Er riss mich nach unten. Ich fiel vor ihm auf die Knie.

Plav packte mich am Genick und drückte mein Gesicht gegen die Dielen. Er setzte mir den Fuß auf den Rücken. Ich wollte schreien, bekam aber keine Luft. Ich lag flach mit der Brust auf dem Boden, den Scheitel am Tischbein. Der Fuß wurde schwer. In dem Moment ließ er mich los. Als ich mich umdrehte, saß Plav auf dem Stuhl. Er hielt die Brille in der Hand und wischte sich mit dem Handballen den Schweiß aus den Augen. Dann grinste er. Er jauchzte vor Lachen. Auch ich musste lachen.

Plav zog ein Päckchen Tabak aus der Hosentasche und legte es vor sich auf den Tisch. Er fuhr sich mit dem Daumen über das Handgelenk. Kaj je to, fragte er. Schmieröl, sagte ich. Er tippte sich gegen die Stirn. Hast du schon einmal so ein Schmieröl

gesehen? Er zerrieb das Öl zwischen den Fingern. Ich habe die Pedale verloren, sagte ich.
Auf dem Waschbeckenrand stand ein Gurkenglas mit grüner Seifenpaste. Plav rieb sich den Unterarm ab. Er gab mir ein Zeichen, ans Waschbecken zu kommen. Er drehte das Wasser an und Dampf stieg auf. Die Seife war körnig. Neben dem Gurkenglas standen zum Trocknen Porzellantassen und eine Teekanne mit Goldrand. Ein Holzkästchen hing an einem Draht an einem Nagel, darin steckten Zahnbürste und Rasierzeug. An einem Haken ein weißes Tuch mit Borten, daran trocknete ich mir die Hände. Plav riss es mir aus den Fingern. Jetzt schmiert er mir den Dreck auch noch ins Geschirrtuch! Ich musste kichern. Er packte mich am Kopf. Pubec! Ich hielt mir den Mund vor Lachen. Ich setzte mich vor die Matheaufgabe, die Berechnung des Rauminhalts einer rotierenden Kreisfläche. Plav hatte gesagt, ich solle mir vorstellen, sie stehe still.
Nächstes Mal werde er schwierigere Aufgaben finden, sagte Plav. Er klappte das Heft zu. Was ich denn mit den guten Noten anfangen wolle? Ich steckte die Kappe auf den Füller. Hitze stieg mir ins Gesicht. Hočeš nekaj pit? Willst du etwas trinken? Er stellte zwei Gläser und eine Flasche Wein auf den Tisch, die Gläser hatten unterschiedliche Farben, aus dem Flaschenhals ragte der Korken. Er habe sein Zeugnis nichtmal abgeholt, sagte er. Er wolle ein kleines Rad sein, immer den Kopf frei, an nichts schuld. Ich schob das Glas zurück. Einen Schluck werde ich wohl

mittrinken, sagte er und schenkte sich voll, mir gab er nichts.

Plav hatte die Beine übereinander geschlagen. Gefetzt haben wir uns, mit Weidenruten. To je bolelo! Das hat gezogen! Zu dritt, in einem Bett, mit Vetter Ludwig und Cousine Julika. Wir haben uns gegenseitig die Striemen gezählt. Er wackelte mit dem großen Zeh. Was willst du werden? Ich zuckte mit den Achseln. Geld verdienen, sagte ich. Plav drückte die Zigarette in den Aschenbecher. Gib mal deine Hände. Er rückte an den Tisch heran. Er packte mich an den Handgelenken und öffnete mir die Finger. So fühlt sich das an, sagte er. Er ließ los, als ich schrie. Ich drückte die Handflächen gegen die Tischplatte. Dann klingelte es an der Tür. Ich wollte aufmachen. Čakaj! Warte, bis sie richtig klingelt. Er strich sich mit dem Daumen über die Oberlippe, Rauch zog ihm über das Gesicht.

Willst du was trinken, fragte Plav. Die Freundin stieg aus den Lederstiefeln, sie trug Jeans mit Schlag und ein gestreiftes T-Shirt. Ich will gar nicht, sagte sie. Sie hatte schon getrunken. Plav nahm ihr das Glas aus der Hand und goss sich, was sie übrig gelassen hatte, ins eigene. Setz dich mal, sagte er. Sie musste sich unter die Dachschräge beugen, sie drückte sich an der Stuhllehne vorbei, streifte seine Schultern mit den Brüsten. Sie legte die Hand auf seine. Willst du jetzt was trinken? Na gut, sagte sie. Er schenkte ihr das Glas voll, sie fuhr sich durchs Haar. Eigentlich will ich gar nicht. Plav verzog das Gesicht. Wie ein Papagei, sagte er. Er machte den

Schnabel mit den Fingern nach. Er kniff ihr in die Wange, dazu machte er Kussgeräusche.
Plav fasste der Freundin unters T-Shirt. Sie saß auf seinem Schoß. Meine Mappe ist fertig. Papa schaut sie durch. Magst du sie sehen, fragte sie. Sie wich seiner Hand aus, krümmte den Rücken. Du kannst eh nicht zeichnen. Er stand auf, sie rutschte von seinen Schenkeln und musste sich am Tisch abstützen. Wie läuft es in der Schule, fragte sie. Gut, sagte ich. Sie griff über den Tisch nach dem Füller. Ich habe dich gestern in der Stadt gesehen. Hattest du frei? Ja, sagte ich. Sie setzte die Feder auf ihren Handrücken, ein Tropfen Tinte schwoll auf der Haut. Plav stieß die Klotür auf, die Spülung rauschte. Er zog sich den Reißverschluss hoch. Sie verwischte den Tropfen. Er legte die Finger auf ihre Stirn und stieß ihr den Kopf nach hinten. Sie sei ein Kaugummi, sagte er. Du klebst unter den Schuhsohlen! Ich hielt die Arme verschränkt, unter der Lampe trieben Rauchschwaden. Er hob die Flasche gegen das Licht. Ich laufe mal zur Tankstelle rüber!
Was lernt ihr gerade, fragte die Freundin. Sie presste die Fingerspitzen gegeneinander. Mathe, sagte ich. Da fiel mein Rucksack vom Stuhl. Ich bückte mich unter den Tisch, kroch über die Umschläge, die sich von den Heften gelöst hatten. Das Mäppchen lag an ihrem Fuß. Die Socke hatte an der Sohle eine dünne Stelle, weiße Fusseln standen vom Stoff ab. Sie bewegte die Zehen. Beim Auftauchen stieß ich mir den Kopf an der Tischkante. Bringt dir das was? Schon, sagte ich und packte das

Mäppchen und die Hefte weg. Sie nahm einen Schluck. Gehst du aufs Gymnasium? Realschule, sagte ich. Ob ich schon ein Ziel habe, wollte sie wissen. Einzelhandelskaufmann. Sie lachte. Es sei schade um die Nachhilfe. Mit einem Mal schob sie sich aus der Ecke. Sie wollte, dass ich ihr folge. Sie strich das Haar zurück, drehte es im Genick zusammen. Ich fühlte mein Kinn zittern. Sie beugte sich nach vorn und streckte die Hand unters Bett, dann den ganzen Arm bis zur Schulter. Ich hatte mich hinter sie gestellt. Das T-Shirt war ihr hochgerutscht. Sie zerrte eine Kiste hervor, kniete sich daneben, legte die Hände in den Schoß und sah mich an. In der Kiste lagen Papierrollen, umwickelt mit Gummibändern, zwischen Sägeblättern, Schmirgelpapier und Werkzeug. Die Jeans spannte über ihren Schenkeln. Sie reichte mir eine der Rollen. Das Gummi war spröde und riss. Ein Schreibblock mit Ringbindung faltete sich mir in den Händen auf, das Deckblatt fehlte. Auf dem Papier standen Tabellen mit Zahlen und Buchstaben. Er spielt Würfel gegen sich selbst, sagte sie. Er habe ein psychisches Problem. Sie habe ihm was leihen müssen. Auch ihrem Vater schulde er Geld. Er kann die Miete nicht mehr bezahlen. Ich blätterte die Seiten um, der Block war vollgeschrieben. Was macht er mit dem Geld, fragte ich. Sie wischte sich das Haar aus dem Gesicht. Er verspielt es an Automaten.

Plav hatte sie an der Fessel gepackt, er kitzelte sie am Fuß. Sie warf mit dem Kissen nach ihm. Er fing es auf und schleuderte es ihr mit Wucht ins Gesicht. Sie trat aus und traf ihn mit dem Fußballen an der Hüfte. Darauf ließ er sie los. Sivo, sagte er. Wann willst du nach Hause? Sie legte sich auf den Bauch. Er hob das Glas an den Mund, unter seiner Achsel glänzte die Haut. Vez kaj je to? Er zeigte auf die vernarbte Stelle unterhalb des Bizeps. Da habe ihn Ludwig mit einem Pfeil getroffen. Es habe aber nicht wehgetan. Auch nicht sehr geblutet. Samo eno žlico polno. Nur einen Suppenlöffel voll. Die Schmerzen seien erst daheim gekommen, mit Gürtel und Stock. Sato da ne posabimo. Damit wir es nie vergessen. Plav kippte den Rest Tabak vor sich auf den Tisch. Sie war vom Bett aufgestanden und schmiegte sich an seinen Rücken. Warum hast du keinen gekauft? Plav krümelte den Tabak ins Blättchen. Ich habe es vergessen. Ich wich ihrem Blick aus. Die Wangen wurden ihm hohl, der Tabak begann zu glimmen. Bis wann musst du zu Haus sein, fragte er. Um neun, sagte ich. Sie strich ihm über den Bauch. Es ist halb neun, sagte er und fasste sie am Handgelenk, fuhr ihr mit dem Finger über die Handfläche. Kommt nach Hause und ein Essen steht auf dem Tisch. Ich musste die Scheißeeimer aus dem Klo in den Hof tragen, da war ich fünf. Anna lag mit dem blöden Stefan im Bett. Immer waren die Vorhänge zugezogen. Gegessen haben wir nur Bohnen, immer nur Bohnen. Er lehnte sich gegen den Tisch, schob ihr den Fuß zwischen die Schenkel. Ich nahm die Jacke von der Stuhllehne. Und du, schrie Plav sie an, er drückte ihr das Schienbein in den Schritt. Was willst du denn von mir?! Mit deiner goldenen Zukunft!

Ich tastete nach der Wand. Ein Stockwerk tiefer fand ich den Schalter. Ein Kleinkind jammerte, ich hörte eine Frauenstimme, ich verstand die Sprache nicht. Der Schalter war defekt. Beim Hinabgehen gewöhnten sich die Augen. Plav kam heruntergerannt, barfuß über die Steinstufen, die Hand nach mir ausgestreckt. Sivo, sagte er. Er hielt mich am Oberarm fest. Ganz kurz. Draußen ging die Lampe an, jemand kam auf die Tür zu, der Schatten fiel aufs Glas. Plav begann zu flüstern. Du kannst mein Fahrrad haben, sagte er, du musst nur aufpumpen. Hast du eine Pumpe? Ich schiebe lieber mein Rad, sagte ich. Ein Mann drückte sich in den Hausgang, er trug einen Kinnbart. Salut, sagte er. Er zog sich am Geländer die Treppe empor. Leih mir zwanzig Mark, sagte Plav, ich gebe sie dir nächstes Mal wieder. Er stellte sich von einem Fuß auf den anderen, während ich im Rucksack den Geldbeutel suchte. Nur acht Mark, sagte ich. Schau noch mal nach, sagte er. Ich kramte nach den Zehnpfennigen, dann ließ ich sie Plav zusammen mit dem Silbergeld in die Hand fallen.

Na, du Bub, sagte Mutter. Sie saß im Nachthemd auf dem Sessel. Sie biss von einem Käsebrot, sie hielt sich den Teller unters Kinn. Der Fernseher lief. Kak je bilo, fragte sie. Sie leckte sich Krümel von der Lippe. Ich band mir die Schuhe auf, ich stellte sie neben das Paar von Vater. Wir kommen gut voran, sagte ich. Wir werden mal sehen, sagte Mutter. Sie schaltete um. Wieso, fragte ich, ich

schreibe doch gute Noten, was soll passieren? Sie zog die Beine auf den Sessel. Weißt ja, wie es ist, mit den Noten und den Menschen.
Was hast du gemacht, fragte Mutter und schob mich aus dem Weg. Vom Fahrrad, sagte ich. Sie knipste das Licht im Bad an. Wasch dir noch Hände, sagte sie und verriegelte hinter sich die Tür.

Ich erwachte und konnte die Schulter nicht heben, der Arm war taub. Ich schlug mit der Faust dagegen, da kam das Gefühl zurück. Ich hatte von einem Spatz geträumt, er hatte mir ins Auge gepickt. Später riss ich das Kohlepapier aus einem Lottozettel. Ich saß am Schreibtisch. Ich schob ein Blatt aus dem Zeichenblock unter das nackte Ausfaltmädchen eines Magazins. Ich hatte es aus einem Papiercontainer geholt. Ich legte das Kohlepapier dazwischen und fuhr mit der Bleistiftspitze die Konturen nach. Als ich damit fertig war, versteckte ich das Magazin unter der Matratze. Nicht alle Linien trafen sich, ich musste nachzeichnen. Einige Striche verwischte ich mit Spucke. Dann hörte ich Musik aus der Küche. Ich schob den Block in die Schublade. Der Wecker zeigte kurz nach vier. Ich legte mich ins Bett und starrte auf die Raufasertapete, hinter der Wand redete die Radiosprecherin, der Boden knarrte, Vater keuchte, er zählte die Kniebeugen, die Liegestütze und die Rumpfbeugen.

Anna wollte, dass ich ein Professor werde, Stefan, dass ich Arzt werde. Beide seien besoffen im Bett gelegen, sagte Plav. Dann habe es eine Lektion gegeben. Willst du keinen Wein, fragte er. Ich schüttelte den Kopf. Er zeigte mir seine Handfläche. Stefan sei vom Bett aufgesprungen, habe ihn gepackt, zum Herd gezogen und die Hand auf die Herdplatte gedrückt. Als die Herdplatte heiß geworden sei, habe er ihn losgelassen. Nicht anfassen! Deine erste Lektion, habe Stefan gesagt. Die Dusche wurde abgedreht, die Freundin kam aus dem Bad, sie hielt sich das Handtuch vor die Brust, ihre Haut war nass und sie hinterließ Fußabdrücke auf den Dielen. Plav klatschte ihr auf den Hintern. Sie schrie auf und sprang nach vorn. Willst du uns geil machen, rief Plav. Wie läufst du rum?! Sie schlug ihm mit der Faust gegen die Schulter, dann setzte sie sich auf die Bettkante. Plav beugte sich zu mir über den Tisch. In vec kaj sem naredo, fragte er. Sprecht Deutsch, rief sie und streifte sich die Socke über den Fuß. Plav winkte ab. Ich habe die Hand auf der Herdplatte gelassen, sagte er. Ich habe mich nicht gerührt. Bis es geglüht, bis es gestunken hat. Angesehen habe ich den Stefan, bis er Angst bekommen hat. Die Freundin zog das T-Shirt über die Brüste, das Handtuch glitt zu Boden. Sie schlüpfte in die Jeans. Ich fahre den Sommer über in die Bretagne. Papa hat mich bei einem Zeichenlehrer angemeldet. Du kannst mitkommen, sagte sie, wenn du willst. Plav grinste mich an. Ich war schon in Frankreich, sagte er, und habe am Strand geschlafen. Zwei Gendarmen haben mich geweckt. Einer hat mir in den Bauch getreten. Papa hat für mich ein Ferienhaus gemietet, sagte sie, es kostet dich nichts. Sie bürstete sich das Haar über dem Waschbecken. Ein Tropfen traf mich am Hals. Alle wollen nach Frankreich, wegen der Mädchen, sagte Plav. Was soll ich mit dir da? Er stand auf und fasste sie am Genick. Weißt du Sivo, es gibt Frauen, die wollen, dass man in ihre Möse spritzt, als Liebesbeweis. Er drehte mir ihr Gesicht zu. Takšna je. Dolgočasna. Takšne lahko pozabiš. Er ließ sie los und sie küsste ihn auf den Mund.

Hallo, sagte ich. Mutter kroch unterm Küchentisch hervor. Sie begann zu lachen. Sivo, gib mir Hand! Ich half ihr aufzustehen. Die Eckbank habe gewackelt, sie habe etwas untergeschoben. Ihr Gesicht war rot. Neben dem Teller stand eine Schüssel mit Krautsalat. Mutter holte die Kasserolle aus dem Ofen. Sie pickte sich mit der Gabel eine Kartoffel heraus. Das Essen ist kalt, sagte sie. Warum so spät? Sie schöpfte mir Kartoffeln und Hühnerfleisch. Ich bin sogar zu früh, sagte ich. Sie zündete sich eine Zigarette an, während sie mir beim Essen zusah. Sie lehnte mit den Ellbogen auf dem Tisch und hielt sich die Stirn. Rauchst du, fragte sie. Ich schüttelte den Kopf. Willst du? Ich legte die Gabel zur Seite und nahm ihr die Zigarette aus den Fingern. Ich musste husten. Čisto atek, sagte sie. Ganz der Vater.
Die Augen des Mädchens standen schräg, der Mund war zu klein im Verhältnis. Ich setzte den

Bleistift an. Es läutete. Mutter war vor mir an der Tür. Ein Junge im Polohemd stand im Hausgang. Haben Sie einen Sohn, fragte er. Aber natürlich, sagte sie. Wir holen die Polizei, rief jemand. Ich war zurück ins Zimmer gegangen und beobachtete sie durch den Türspalt. Ihr Sohn hat mein Rad geklaut, sagte der Junge im Polohemd. Mutter griff sich an den Hals. Wir sind gezwungen, die Wohnung zu durchsuchen. Lass uns rein, rief jemand. Der Junge lehnte sich gegen den Türrahmen. Mutter stellte sich ihm in den Weg. Was, da! So Rotznasen. Meinen, wer sie sind. Ihr sagt mir nicht Du! Lassen Sie uns wenigschtens den Keller durchsuchen, sagte er. Er versuchte, Mutter über die Schulter zu schauen. Sonst kommen wir mit der Polizei, rief jemand. Oh je, oh je, sagte sie, den Keller könnt ihr. Sie nahm den Schlüssel vom Haken. Aber zurückgeben! Sie rieb sich die Wangen.

Mutter hielt sich die Zigarette an die Lippen. Sie stand barfuß auf dem Fußabstreifer. Das Fahrrad sei nicht da, sagte der Junge im Polohemd, am besten sei eine Entschädigung. Sie solle ihm hundert Mark geben! Dann ischt schon okay. Mutter zupfte sich am Ohrläppchen. Oh je, oh je, sagte sie und nahm die Handtasche von der Kommode. Soviel habe ich gar nicht. Ich presste die Stirn gegen den Teppich. Ich hielt mir die Ohren zu.

Plav lag an der Hauswand hinter dem Fahrradständer. Das Hosenbein war ihm über die Wade gerutscht, eine Narbe zog sich entlang des Schienbeins. Er hatte die Hände unter den Kopf geschoben und schlief. Die Brille war verbogen, der Bügel stand ab, die Augäpfel bewegten sich unter den Lidern. Ich wischte mir die Tränen aus dem Gesicht. Plav, rief ich und rüttelte an seiner Schulter. Er trat mit dem Bein aus, im selben Moment bekam er mich am Hemd zu fassen. Ich fiel ihm entgegen. Plav schlang die Beine um mich, die Brille war ihm vom Gesicht gerutscht, die Augenlider zitterten. Ein Mädchen mit weißen Kniestrümpfen trat aus dem Hausgang, sie hob die Hand gegen die tiefstehende Sonne. Ich boxte Plav gegen die Nase. Er blinzelte und begann zu grinsen. Das Mädchen erstarrte, in ihrem Gesicht wuchsen die Augen. Plav wand sich im Lachkrampf. Der Pferdeschwanz tanzte ihr zwischen den Schulterblättern, als sie davonrannte.

V

Die Kunstlehrerin setzte sich auf die Tischkante. Sie lehnte sich zurück, die goldenen Armreifen fielen ihr über das Gelenk. Sie hob den Malblock vom Tisch und legte ihn auf die Oberschenkel, wischte mit dem Daumen über das Papier. Womit hast du das Meer gemalt, fragte sie. Mit einem Schwamm, sagte ich. Die Schüler lachten. Ich glaube nicht, dass du es gemalt hast. In der Klasse wurde es still. Die Kunstlehrerin trug Sandalen mit Korksohle. Warum, fragte ich. Sie krümmte die Zehen. Mark holte aus seiner Tasche das Heft mit dem gelben Umschlag, das ich ihm geliehen hatte. Hitze stieg mir ins Gesicht. Sie schaute zu ihm auf und bedankte sich, als er vor ihr stand und ihr das Heft gab. Mark zwinkerte mir zu. Es bestehe ein gravierender Unterschied zwischen dem Abzeichnen nackter Mädchen und der Erstellung eines Aquarells wie diesem, sagte die Kunstlehrerin, sie blätterte die Seiten um. Welcher, fragte Mark.

Zelena beugte sich über den Kinderwagen. Sie schlug die gelbe Decke auf, hob das Kind heraus und schüttelte es. Was machst du, fragte ich. Weisch, sagte sie, es hat die Murmel verschluckt und spuckt´s nicht wieder aus. Die Tante hat gsagt, es soll mehr esse. Aber doch net so. Zelena steckte dem Kind lachend den Finger in den Mund. Es kniff die Augen zusammen und schluchzte.

Kommsch jetzt mal, rief ihr Freund, der fluchend um die Hausecke kam. Zelena legte das Kind in den Kinderwagen. Ich hob die Decke vom Gehsteig und gab sie ihr. Er stellte sich vor mich, spannte seine Brust und streckte mir das Kinn entgegen. Das isch mein Vetter, sagte Zelena, und des isch Franz. Er war kleiner als ich. Er fasste meine Hand, das T-Shirt straffte sich um seinen Oberarm. Siehsch überhaupt net so aus, sagt er. Wegen des blonden Haars, sagte ich und zog die Finger aus seinem Griff. Sag mal, rief Franz, als ich die Treppe hinaufstieg. Wie heisch denn?! Willsch nicht sage?! Arschloch.
Ich habe Zelena getroffen, sagte ich. Ach, hör mir auf, rief Mutter, sie saß in der Küche vor einer Tasse Kaffee. Die blöde štorklja, schwanger ist sie wieder von einem Depp. Hast du ihn gesehen? Sem vido, sagte ich. Und, fragte Mutter, ist das nicht ein ganz Primitiver? Schau, wie es hier riecht, nach einem ganzen Bierkasten. Sie tropfte sich Süßstoff auf den Kaffeelöffel. Gar nicht verstanden habe sie ihn, sagte sie. Bisch und wisch und isch! So ein Dreck spricht er die ganze Zeit, die blöde štorklja genauso. Saj je pa nemški, sagte sie. Er ist doch ein Deutscher. Sie steckte den Löffel in den Mund. Ich zuckte mit den Achseln und zog den Kühlschrank auf. Irgendwie, sagte Mutter, wie eine Nutte ist sie geworden.

Ich tunkte den Schwamm in die Tasse. Ich wischte über das Blatt. Ich drückte die Schwammspitze ins

Grün und strich Bahnen ins Nass. Der Schwamm rieb das Papier auf, die Oberfläche schälte sich. Fussel rollten sich ab. Jeder Strich hinterließ eine Spur grüner Körner auf dem Papier. Ich trennte das Blatt vom Block. Die Kunstlehrerin saß am Pult über ein Klassenarbeitsheft gebeugt. Ich ließ die Papierkugel unter den Tisch fallen. Ich betupfte das neue Blatt mit Farbe, die Flächen liefen nicht ineinander. Als ich darüber wischte, blieben Ränder. Ich legte das Gesicht in die Hände und rieb mir die Augen. Wie lange wirst du ungefähr brauchen? Ich habe für das erste eine halbe Stunde gebraucht, sagte ich. Von hier sieht es noch weiß aus, sagte sie. Achte auf Ähnlichkeit. Ich leerte Wasser auf ein neues Blatt, drückte die Farbe aus dem Schwamm in die Lache. Dann hob ich den Block vom Tisch, bewegte ihn hin und her. Die Farbe verteilte sich mit dem Wasser auf dem Papier. Ein Farbrand blieb stehen, er hatte die Form einer Qualle. Da hinein drückte ich den Pinsel.
Du hast dich für ein anderes Motiv entschieden und andere Technik. Auch andere Farben. War die Aufgabe unklar? Wie soll ich dich jetzt bewerten? Es sieht ganz anders aus. Die Kunstlehrerin trat mit dem Malblock ans Fenster. Schön geworden, sagte sie und zwinkerte mir zu. Ich kann dich bei einem Kurs anmelden. Ich werde mit der Kursleiterin sprechen. Hast du Interesse, deine Technik zu verfeinern? Es ist umsonst für dich. Ich strich die Pinselspitze am Küchenpapier ab. Sind die Zeichnungen auch gut, fragte ich. Meine Finger zitterten.

Mutter zog die Füße auf den Sessel und drückte die Fernbedienung. Wo Vater bleibe, fragte ich. Er sei zur Beerdigung nach Slowenien gefahren, sagte sie. Stara mama je umrjela. Großmutter ist gestorben. Ich zupfte einen Streifen Fleisch von dem Stück Huhn und steckte ihn in den Mund. Woran denn? Stara mama habe eine Kuh zum Markt bringen wollen, sagte Mutter. Sie klopfte die Fernbedienung gegen ihren Handballen. Das Tier sei auf einem Bahnübergang stehen geblieben. Stara mama habe am Seil gezerrt, sie von den Gleisen zu schieben versucht, habe mit dem Stock auf sie eingeschlagen, sogar ins Ohr habe sie der Kuh vor lauter Wut gebissen. Dann sei der Güterzug gekommen. Mutter drückte die Einschalttaste mit beiden Daumen. Wie geht's dir in der Schule? Gut, sagte ich. Bist du nicht auch bald fertig? Ja, jetzt, sagte ich. Mutter strich sich das Haar aus dem Gesicht, sie hatte es am Morgen rot gefärbt. Vater lässt sich den Bauernhof hoffentlich nicht aufschwatzen, sagte Mutter, sie baute die Batterien aus, sie putzte sich die Finger am Nachthemd ab, die Säure war ausgelaufen. Veš kaj je strašno?! Grausig! Sie schüttelte sich. Tante Anna habe, bevor sie nach Deutschland gegangen sei, stara mama auf die Stirn hin zugesagt, sie werde auf den Gleisen wegen einer Kuh sterben. Sie könne sich noch genau erinnern, sagte sie und stand vom Sessel auf, wie stara mama die Tür hinter Anna zugeschlagen habe. Sie sehe sie noch heute über den Hof gehen, Anna mit ihrem Bauch, an der Hand der kleine Plav, der allen zugewinkt habe, auch den Schweinen und Truthähnen, mit seinem weißen Händchen. Mutter wischte sich mit der Hand über die Stirn. So schlecht habe man ihre Schwester behandelt, weil Anna mit dem Stefan mitgegangen sei. Der blöde Stefan. Ein ganz primitiver Mensch. Woher sie das wisse, das von stara mama, fragte ich. Du warst doch nicht dabei? Ein Bauer habe stara mama auf den Gleisen mit der Kuh kämpfen sehen, sagte sie und drückte den Schalter am Fernseher.

Weißt du, was ein Milan ist, fragte Vera. Ein Milan sei es gewesen, der Leonardo da Vinci mit seiner Schwanzfeder den Mund geöffnet habe. Es sei seine Initialzündung gewesen. Weißt du, was das Wort bedeutet? Wo war das, fragte ich. Ich wich dem Blick ihrer Augen hinter der schwarz geränderten Brille aus. Vera war die Leiterin des Zeichenkurses. Ich weiß nicht, sagte sie und strich die graue Strähne hinters Ohr. Auf einer Veranda oder in einem Garten. Ich müsse mir den Vogel in der Sonne Italiens vorstellen. Leonardo hat Glück gehabt, sagte ich, dass ein Milan in seinen Garten geflogen ist. Vera klappte das Buch mit den Tuschezeichnungen und dem fliegenden Milan zu und warf es aufs Pult. Tritt einen Schritt zurück, wenn du zeichnest! Sie schob ihren Körper zwischen mich und die Staffelei, sie war barfuß. Du klebst mit der Nase auf dem Papier! Ohne den nötigen Abstand geht's überhaupt nicht! Ich tippte mit dem Finger gegen meine Wange. Mit dem Auge sehe ich nicht

richtig, sagte ich. Vera legte mir die Hand auf die Brust und lachte. Dann kannst du es gleich vergessen. Sie zwinkerte mir zu. Ich trat einen Schritt zurück. Was schaust so, fragte sie. Als ich meine Hand öffnete, war der Kohlestift der Länge nach zerbrochen.
Komm doch nächste Woche, sagte Vera, als wir nach dem Kurs vor der VHS standen. Naive Kunst wird ausgestellt. Bilder von Fischen. Das kann dir helfen. Auf der anderen Straßenseite ging Mutter, sie hielt zwei Einkaufstüten vor der Brust, die Henkel waren gerissen. Ich trat zurück und blickte zu Boden. Die kaufen den Aldi leer, sagte Vera und lachte. Hauptsache billig, sagte ich, und die Familie hat was zu fressen.

Vera tanzte barfuß zwischen den anderen Gästen. Sie legte mir den Arm um die Schulter und küsste mich auf die Wange. Sie hakte sich bei mir unter, zog mich mit sich im Kreis. Sie hörte zu lachen auf, als ich ihr auf die Zehen trat. Sie stieß mich zurück. Dann nahm sie mich bei der Hand und zog mich zu dem Tablett mit den Sektgläsern. Ein Pappteller mit Kartoffelsalat lag auf einem Stapel Blätter. Ich zog eins hervor. Die Namen der Bilder mit Nummer und Preis. Egli am Morgen, neunhundert Mark. Willst du ihn kennen lernen, fragte Vera. Der Künstler lehnte am Plastikstehtisch und biss in eine Bockwurst. Mein bester Schüler, sagte sie. Ich nannte meinen Namen. Er nickte mir zu und lächelte mit einem Senfspritzer an der Oberlippe.

Als ich mich umwandte, war Vera fort. Hast du dir eins ausgesucht, fragte er. Er zeigte mit der Gabel auf das Blatt. Wie kommen sie auf die Preise, fragte ich, nach Größe? Auf welche Schule gehst du? Ich war auf der Realschule, sagte ich. Er wischte sich den Mund und ließ die Serviette auf den Teller fallen. Er winkte einer Gruppe Gäste. Das Mädchen trug eine gelbe Strickjacke über dem Arm, er schüttelte ihr die Hand. Ich suchte an den Wänden nach dem Kloschild. Im Gang fand ich Vera vor dem Münzsprechautomaten. Sie telefonierte mit dem Babysitter. Gib sie mir noch mal, sagte sie in die Sprechmuschel. Ein Hund kläffte. Er saß hinter dem Pflanzenkübel neben dem Herrenklo. Die Schwanzspitze schlug auf und ab, als ich mich vor ihn hockte. Es war der gleiche Hund, den mir Vater geschenkt hatte. Ich streckte die Hand nach ihm aus. Er bewegte den Kopf, als nicke er mir zu, hob die Pfote, heulte auf. Ich drehte das Blatt auf die Rückseite und zeichnete ihn mit dem Bleistift.

Vera riss mir das Blatt aus der Hand. Ich lief ihr nach in den Saal. Was denkst du, fragte sie den Künstler. Sie legte das Blatt vor ihn auf den Plastikstehtisch. Er trank Sekt. Die Gäste am Tisch beugten sich darüber. Bist du nicht Sivo, der Cousin von Plav? Plavs ehemalige Freundin lächelte mich mit weißen Zähnen an, Glitzersterne um die Augen. Zwei Männer traten von hinten an sie heran, beide waren schmalschultrig und groß wie Basketballspieler, mit dünnen Hälsen, die aus den Hemdkrägen ragten. Was macht Plav, fragte sie. Plav sitzt im Dunkeln. Sie haben ihm den Strom abgedreht. Er kauft sich Kerzen. Ist das wirklich der Cousin von Plav, fragte der eine und lachte. Vor einer Woche ist Plav nackt in den See gesprungen, sagte er. Mitten am Tag. An der Promenade. Er hat nach einem weißen Kiesel getaucht. Wegen einer Wette. Warum habt ihr es nicht gesagt, rief sie und ballte die Fäuste. Sie biss sich auf die Lippe. Ich zeichne jetzt auch, sagte ich. Ich zeichne nur noch abends, sagte sie und zwinkerte mir zu. Er hat mit mir um nichts gewettet, sagte der andere und lachte. Ums Recht! Ich habe ihn zuletzt gesehen, sagte sie, da hat er eine Steinplatte auf dem Gepäckträger durch die Stadt geschoben. Ich hab mich nicht getraut zu fragen wozu. Weißt du es? Er ist Steinmetz, sagte ich. Vera griff mich unterm Arm, sie zog mich zurück an den Tisch. Der Künstler zündete sich eine Zigarre an, er paffte Schwaden ins Neonlicht. Dieser Fisch, sagte er und zeigte auf das größte Bild im Saal, ist das Zentrum. Aus dem Bauch kommt der Laich. Während er sprach, steckte er mit dem Streichholz das Blatt auf dem Tisch an. Der Laich fällt ins Wasser. Ich bin der Milchner und der Wels im Schlamm mit dem offenen Maul. Die Flammen züngelten auf, die Glut fraß sich rundherum, ein Ascherand umfasste den Hund, ein Windstoß von der Tür hob das Papier in die Höhe, es zerfiel im Flug.

Vater schenkte sich Weißwein nach. Mit ölverschmierten Fingern hielt er das Glas fest. Schmutzbrocken lagen um seine Schuhe mit den Eisenkappen. Er trug den blauen Arbeitsmantel mit dem Abzeichen der Firma über der linken Brust. Hallo, sagte ich. Was machst du hier? Freizeit, sagte er. Pa tele, rief Mutter aus der Küche. Du Kalb! Warum er nicht erzähle, was passiert sei?! Vater hob den Kopf. Er habe gerade damit anfangen wollen! Sie müsse nicht immer sagen, was er zu sagen habe! Was ist denn los, fragte ich. Ich musste grinsen, angesteckt von Mutters Lachen. Er drehte das Glas in der Hand. Ein Geruch nach Eisen ging von ihm aus. Er habe einen Stahlträger auf den Ingenieur aus der Schweiz fallen lassen, sagte er. Ich setze mich auf den Sessel gegenüber. Der Betriebsarzt habe ihn wegen des Schocks nach Hause geschickt. Der Stahlträger sei vom Gabelstapler gerutscht. Willst du auch ein Glas? Ich nickte. Der Ingenieur, sagte Vater, habe immer wie ein Schwein geschrien, wenn ein Jugo an ihm vorbeigegangen sei. Das von einem Ingenieur, sagte Mutter, die im Türrahmen lehnte und mit dem Geschirrtuch ein Glas abtrocknete. Ist er tot, fragte ich. Vater schüttelte den Kopf. Der Fuß ist gebrochen. Der Stahlträger hätte den Fuß abgeschnitten, sagte er, wäre er mit der Kante aufgeschlagen. Ich blies Luft durch die Nase und stieß mit Vater an, wir tranken die Gläser leer.

VI

Zelena stand an der Waschmaschine. Sie wickelte das Kind. Mutter saß am Tisch und rauchte. Zelena warf das Papiertuch in den Mülleimer. Sie ging in die Hocke und stieß einen Schrei aus. Ihre Tasche kippte um, Windeln rollten heraus. Ob sie verrückt geworden sei, wollte Mutter wissen. Zelena hatte mich in der Tür erblickt und war nach hinten gefallen. Sie starrte mich an. Was schleichst hier so rum, Sivo, fragte Mutter. Die Windeln lagen auf dem Boden und falteten sich auf. Von der Arbeit, sagte ich. Zelena fuhr sich mit der Hand über die Augen. Das Umstandskleid war ihr über die Knie gerutscht. Ich blickte auf das Höschen zwischen den Schenkeln. Aber was, sagte Mutter. Um die Zeit von der Arbeit. Ist halt Schicht, sagte ich. Ich lehnte mich an den Türrahmen. Das Kind drückte sich die Faust in den Mund. Zelena kniete auf dem Küchenboden und sammelte die Windeln ein. Takšne može, sagte Mutter. Solche Männer habe sie. Der eine nie zu Hause, der andere immer unterwegs. Sie trank einen Schluck Wein. Was gehst auch immer arbeiten. Sie lachte. Was willst denn mit dem ganzen Geld? Für den Dreck hast jetzt Realschule gemacht. Was arbeitescht, fragte Zelena. Sie strich mit der Hand über ihren Bauch. Bin beim Fluxen, sagte ich. Mit solche dünne Armele?! Sie umfasste mein Handgelenk. Mutter sprang vom Tisch auf. Das Kind lag am Rand der Waschmaschine und schaukelte hin und her. Mutter nahm es hoch. So eine štorklja, sagte sie. Zelena zuckte mit den Achseln. Ja was, rief Mutter, aufpassen musst! Isch ja nicht so schlimm, sagte Zelena. Isch ja nicht so hoch. Ich ging in mein Zimmer. Weißt Zelena, hörte ich Mutter in der Küche sagen, der eine Vater ist ein Depp und der andere ist auch ein Depp, nachher hast zwei Würmer. Wirst sehen, meinst, der kümmert sich, mit seinem blöden Aquarium.

Ich griff nach dem Gummischlauch. Ich schwenkte ihn über das Metall. Ich fuhr die Oberfläche mit der Lampe entlang. Ich suchte nach gelben Rissen und Punkten, nach Trichtern, mit Hohlräumen darunter, von Luftblasen. In einem Winkel auf der Innenseite hockte eine Spinne. Sie hob und senkte den Körper. Ich musste blinzeln. Die Spinne war ein Grat, die krummen Beinchen waren Zerklüftungen, in denen sich Pigmente gesammelt hatten. Ich hielt die Lampe hinter meinen Rücken. Ich schwankte vor und zurück, das Kinn auf der Brust. Ich ließ den Schlauch in die Wanne fallen. Das gelbe Rinnsal versickerte im Ausguss. Ich zog den Hörschutz vom Kopf. Die Sirene begann zu heulen.
Das isch doch ein Scheiß, so was, sagte der Vorarbeiter. Er stand vor dem Büro. Nächste Woche kommen die von Daimler. Wenn das so weitergeht, dann wird das nichts. Das isch Güteklasse A. Wir sind gerade mal C. Das muss ich euch mal ehrlich sagen. Wir sind net zufrieden. Z sind wir, momentan.

In der Kantine leuchteten nacheinander die Neonröhren auf. Ich sah die Arbeiter Stühle unter den Tischen hervorziehen. Einer trug ein Handtuch um die Schultern, er wischte sich damit das Gesicht. Egal wie klein der Riss auch sein mag, den ihr seht. Dann hat das nichts zu suchen. Das Teil gehört raus. Isch das jetzt der ganzen Fluxmannschaft klar?! Ich musste gähnen. Der Vorarbeiter schlug mit der flachen Hand gegen den Türrahmen. Dir auch da hinten?! Ich nickte.

Was hockst da unten, fragte Mutter. Sie stand in einer Wolke aus Wasserdampf, das nasse Haar im Gesicht, ein Handtuch um den Körper geschlungen. Ich saß auf dem Boden und band mir die Schuhe auf. Eden gre, drugi pride, sagte sie. Einer geht, der andere kommt. Diese Woche Nachtschicht, rief ich. Auf dem Boden glänzte ihr Fußabdruck. Ena vrana, rief Mutter aus der Küche. Eine Krähe!
Ein Gesicht hast wie ein Schnabel, sagte Mutter. Sie bot mir aus der Schachtel eine Zigarette an. Ich hatte mir einen Kaffee eingegossen und war auf die Küchenbank gerutscht. Ich schüttelte den Kopf. Ein Spiegel lehnte vor ihr an der Vase. Ob ich mir nicht völlig blöd vorkommen würde? So eine Arbeit, bei so einer Schulbildung. Sie lächelte. Was willst denn mit dem Geld, was willst dir denn kaufen? Sie riss sich mit der Pinzette ein Härchen aus der Augenbraue. Mutter erzählte von einem Bauern, der den Hof verkauft hatte.

Nachdem er gestorben und beerdigt war, ließen die Verwandten das Grab aufbrechen. Der Bauer habe das Geld im Kissen versteckt, um es im Sarg zu fressen. Er sei daran erstickt, sagte Mutter. Sie benetzte die Fingerspitze mit der Zunge. Sie rieb sich die kahle Stelle über der Augenhöhle.

Das und das, sagte der Ingenieur. Er fuhr die Form des Bremssattels mit dem Finger nach. Hier sei die Spannung am höchsten. Hier ein Riss tödlich. Er steckte die Hand in die Kitteltasche. Die Risse seien nicht unser Problem, sagte er. Die findet ihr mittlerweile. Die Arbeiter hatten sich über den Tisch gebeugt. Ich stand mit verschränkten Armen hinter ihnen. Unser Problem seien die Lunker. Ein Lunker verrate sich durch poröse Oberfläche, Kuhlen, Trichter, Löcher. Worauf ihr nicht achten sollt, ist ein Grat. Ein Grat sei oberflächlich. Er würde abgeschliffen. Sonscht fragt ihr halt mich, sagte der Vorarbeiter. Nein, sagte der Ingenieur. Das müsse klar sein. In drei Tagen sei die Besichtigung. Des isch schon klar, sagte der Vorarbeiter. Die Arbeiter traten von einem Fuß auf den anderen. Der Ingenieur hatte sich umgewandt, die Schultern hochgezogen. Er durchschritt die Halle bis zum Ausgang.
Ich hielt meine Hände, zu einem Becher geschlossen, den Arbeitern entgegen. Lunker, sagte ich. Die Arbeiter wiegten die Köpfe hin und her. Einer nach dem anderen stellte sich vor mich hin, reckte den Hals und nickte. Dann ging jeder in

seinen Bereich. Ich setzte auf meinem Weg den Hörschutz auf.

Zelena wartete in der Tür auf mich. Ich hielt den Karton unterm Arm. Die Kante schnitt mir in die Finger. Eine Katze huschte aus der Wohnung. Zelena verstellte der zweiten den Weg mit dem Fuß, drückte sie gegen die Wand und hob sie auf den Arm. Ich trat auf ein Gummispielzeug im Flur. Franz saß mit einer Fernsteuerung am Esstisch, einen Hubschrauber vor sich, dem das große Rotorblatt fehlte. Er bewegte den Lenkhebel mit dem Daumen auf und ab. Zelena zupfte mich am Ärmel. Was, fragte ich. Musch rum gehen, sagte sie und grinste mich an. Die Katze hatte ihr den Ausschnitt über die Schulter gezogen. Das Kind lag auf einer Decke zwischen Kissen, neben dem Katzenklo. Stell´s dahin, wo ich's net sehen muss, rief Franz. Ich solle beim Aufbauen helfen, hatte Mutter gesagt. Sie hatte mich zu Zelena geschickt. Mit einer Blondierung auf dem Haar hatte sie vor dem Fernseher gesessen, die Strähnen umwickelt mit Silberpapier. Mutter hatte mein Kinderbett verschenkt.
Ich fragte Zelena nach einem Messer. Der Karton war mit Wäscheleine verschnürt. Über die Badezimmertür zog sich eine Holznarbe. Der Lack war gesplittert, Holzfasern ragten hervor, die Tür war der Länge nach durchgebrochen. Zelena beugte sich über die Besteckschublade, sie summte eine Melodie, auf ihrem Rücken schimmerte ein dunkler

Fleck auf dem T-Shirt. Mam ga, rief sie und hielt ein Messer mit kurzer Klinge in die Höhe. Kannsch net richtig sprechen, rief Franz. In welchem Monat bist du, fragte ich und nahm ihr das Messer aus der Hand. Ich begann die Wäscheleine zu zerschneiden. Durch den Türspalt konnte ich den Duschvorhang auf den Kacheln liegen sehen, die verstreuten Plastikringe. Im sechsten, sagte Zelena. Die Katze war ihr vom Arm gesprungen und in den Flur gehuscht. Der Plastikbeutel mit den Schrauben und Holzdübeln fiel auf den Boden. Dann die Gummirollen. Dann die Kette mit den bemalten Holzfiguren, der gelben Sonne, dem gelben Mond, der blauen Kugel. Die Seitengitter krachten auf den Boden, der Karton war zerrissen. Weißt du schon, was es wird, fragte ich. Zelena sammelte die Teile auf. Das T-Shirt spannte über ihrem Rücken. Der Fleck breitete sich aus, das Rot nahm das Weiß ein, wurde länger, dunkelte an den Rändern, erglänzte im Zentrum. Wieder ein Mädchen, sagte sie. Hoffentlich werde das nächste besser. Kak boljši? Was am ersten schlecht sei, wollte ich wissen. Es isch halt ein wengele blöd. Was sie meine, fragte ich. Ich lehnte den leeren Karton gegen die Wand und wischte mir den Schweiß von der Stirn. Ne posluša, sagte sie. Der Arzt habe gesagt, es sei vielleicht taub. Es schaue immer so blöd. Zelena verschränkte die Arme. Der Arzt hat gesagt, ich kann einen Behindertenausweis beantragen. Ich bückte mich und schnippte mit den Fingern, das Kind öffnete die Augen. Was erzählsch schon wieder, rief Franz. Das Rotorblatt am Hubschrauberschwanz drehte sich. Ich musste husten. Ich ging rückwärts aus dem Zimmer. Die Katze, sagte ich. Meine Augen tränten. Ich trat auf das Gummispielzeug. Ich erwischte die Schlafzimmertür und lief vor ein Bett mit Zebradecke. Dahinter leuchtete ein Aquarium mit roten und blauen Fischen und einem bärtigen Wels, der an der Scheibe saugte.

Was machst du da, fragte Burro. Er zog eine Scheibe Brot aus der Packung und eine Scheibe Käse aus der anderen. Wozu brauchst du das, fragte er. Ich übe, sagte ich, ich lerne Wörter. Wofür lernst du, fragte er. Ich hatte in einem Buch Wörter unterstrichen. Fauvistisch. Malvenfarben. Monochrom. Spektralblau. Kobaltblau. Neue Zürcher Zeitung. Miserabilismus. Kuben. Kegel. Zylinder. Räumliches Schwingen. Kristalline Effekte. Raumauflösung. Blöcke. Ebenen. Kanten. Alkoven. Ich will studieren, sagte ich. Er biss von dem Brot. Was willst du studieren? Krümel fielen ihm aus dem Mund und blieben am Kinn haften. Warum willst du Student sein? Ich klappte das Buch zu. Ich wolle Kunst studieren, sagte ich. Sein Zahnfleisch war grau und fransig, auf der Kinnspitze wuchs eine Warze. Den Schimmelfleck auf der Brotscheibe zerteilte er mit einem Biss. Warum gehst du nicht zurück in dein Land, kaufst dir ein Haus und holst dir eine Frau. Er legte den Kopf in den Nacken und lachte, den Brotbrei noch auf der Zunge. Ich bin hier geboren, sagte ich. Na und, sagte Burro.

Die Flüssigkeit war durch die Handschuhe gesickert. Die Pigmente hatten sich in den Poren festgesetzt. Gelbe Raupen krochen mir über die Hand. Ich musste blinzeln. Ich trank einen Schluck Kaffee. Burro stand draußen an seinem Maschinenplatz und hielt den Kopf schräg. Er gehe jetzt scheißen, hatte er gesagt. Ich zeichnete den Arbeiter mit dem grauen Haarkranz, der am Nebentisch saß. Er hatte sich einen Wachspfropfen ins Ohr gesteckt. Er rollte den zweiten zwischen den Fingern. Ob es ein Problem gebe, fragte er, als ich hinausgehen wollte. Er hielt mich am Arm zurück. Die Sirene heulte los. Ich zog das Blatt aus der Brusttasche und gab es ihm. Er faltete es auf und legte es vor sich auf den Tisch. Dann beugte er sich darüber. Seine Hände hatten zu zittern begonnen. Er schob seine Brille auf die Stirn. Er sei ein alter Russe, sagte er. Die Augen tränten ihm, die Nase lief. Er könne die Zeichnung behalten, sagte ich. Ich hatte Lust mich hinzulegen. Durch die Halle wehte warme Luft von den Schmelzöfen. Einige Männer mit weißen Helmen schritten über die Galerie. Einer zeigte mit der Hand hinunter. Ein anderer beugte sich über die Brüstung. Der Helm fiel, trudelte durch die Luft und tauchte zwischen die Maschinen. Ich schloss für einen Sekundenschlaf die Augen.

Veras Schattenriss zeichnete sich vor dem Bad ab. Ihr Arm wies zurück in die Helligkeit. Ob ich wach sei, fragte sie. Sie knipste das Badezimmerlicht aus.

Am Morgen hatte sie mich im Bademantel an der Tür begrüßt, einen dampfenden Pott Kaffee in der Hand. Ich hatte ihr einen Kuss geben wollen. Sie hatte sich an das schwarze Brillengestell gegriffen und gesagt, ich solle erst duschen. Vera trat aus dem Schatten in das Licht, das der Fensterladen durchließ. Ihr Fuß, der kantige Knöchel, die Linie des Schienbeins. Über die Brust fiel ein Lichtstreifen. Nach dem Duschen hatte sie mir Rücken und Schultern mit dem Handtuch trocken gerieben. Dann hatte sie mich ans Bett geführt, mit dem Seidenlaken zugedeckt. Sie hatte sich an den Bettrand gelegt. Das Grau war seit dem letzten Mal aus ihrem Haar gewichen. Wach, fragte Vera und trat ans Bett heran. Woran denkst du? Ich verschränkte die Arme hinterm Kopf. Sie setzte den Fuß aufs Bett und zupfte mit den Zehen am Laken, es rutschte mir von der Brust. Ich muss an meinen Vater denken, sagte ich. Vera setzte sich auf den Bettrand. Sie legte mir die Hand auf den Bauch. Wirklich, sagte sie. Ich hatte Vater am Morgen auf dem Anstieg zur Bahnbrücke gesehen. Er hatte aus dem Auto gewunken. Ich war mit dem Rad ins Trudeln gekommen. Um nicht zu fallen, hatte ich den Fuß auf den Randstein gesetzt. Vera fuhr mit den Fingern unters Laken. Er bekommt die Überstunden nicht mehr bezahlt, sagte ich. Sie zog die Hand zurück. Vera beugte sich über mein Gesicht, sie ergriff mein Kinn. Er ist weder ein Ingenieur noch ein Meister, sagte ich. Er kann nicht mehr verdienen. Ich blickte ihr in die Augen. Sie drückte die Lippen auf meinen Mund.

Für die Überstunden bekommt er jetzt Freizeit. Freizeit ist das Letzte, was er braucht. Vera legte das Bein über mich und setzte sich auf. Ich rasiere dir irgendwann die Achseln, sagte sie und strich ihr Haar zurück. Du bist nicht dein Vater. Der Lichtstreifen teilte ihr den Hals. Ein zweiter lag auf dem Oberschenkel. Ich bin auch nicht der Arbeiter, sagte ich. Ich bin nicht der Vorarbeiter. Ich bin nicht der Ingenieur. Ich versuchte mich aufzurichten, Vera drückte mich ins Kissen. Ich erzählte ihr, dass ich den Arbeitern am letzten Tag in die Schuhe unter der Spindbank pissen würde. Dem Vorarbeiter würde ich das Bier in die Schublade leeren. Ich würde Teile ohne Riss aussortieren und Teile mit Riss auf die Palette stellen. Damit der Kunde bei der Stichprobe sicher ein Teil mit einem Riss fände. Vera begann zu lachen. Sie zog mich an der Nase. Die Palette würde zurückkommen, sagte ich. Die ganze Lieferung ans Werk zurückgeschickt. Ich würde mir wünschen, sagte ich, das Werk genüge den Qualitätsmaßstäben von Daimler nicht. Vera hielt mir den Mund zu, ich stieß ihren Arm zur Seite. Dem Ingenieur würde gekündigt. Der Vorarbeiter würde entlassen. Die Produktion würde heruntergefahren und die Arbeiter landeten auf der Straße. Lichtfinger streckten sich vom Fensterladen zum Bett. Ich schloss die Augen, gelbe Raupen kringelten sich, wanden sich ineinander, zogen Fäden und wurden eins. Was kümmere mich der Arbeiter. Er sei dumm wie Brot. Und der Vorarbeiter. Den Posten verdanke er seiner Herkunft. Der Ingenieur, der sich für die

Arbeiter schäme. Er mache seine Arbeit schlecht. Sein Geld habe er nicht verdient. Ich würde es ihm beweisen. Was kümmert mich ein Helm auf der Galerie, sagte ich. Wenn er stürzt, bricht er sich den Hals, wie die anderen! Vera war von mir heruntergestiegen und hatte sich neben mich gelegt. Vater solle arbeiten, bis er tot sei, sagte ich. Mutter solle sich für den Fernseher schön machen, bis sie umfalle. Weshalb müsse ich mich um die Cousine kümmern. Sie habe ihr Aquarium, sie habe den Hubschrauber, der ihr um den Kopf fliegt, und zwei Katzen. Weshalb müsse ich zu ihr hingehen und es mir ansehen. Was kümmere mich die Cousine, sie solle sich von Franz ruhig schlagen lassen. Vera hielt die Hände über dem Bauch gefaltet. Ich zog die Beine an die Brust, presste die Fäuste gegen die Augen, ich drückte die Stirn gegen ihre Seite. Warum hörst du auf, fragte sie. Nur eins weiß ich, sagte ich. Die Kunst ist erhaben und gut. Vera lachte. Sie zog mir die Arme auseinander. Sie wischte mir mit der Hand übers Gesicht. Du musst gehen, sagte sie und drückte mich aus dem Bett. Ihr Ex komme gleich. Er bringt die Tochter, sagte sie. Sie klatschte mir auf den Hintern.

VII

Ich legte die Blätter in die Mappe. Der Professor schenkte sich aus einem Krug Limonade ein, Zitronenkerne wirbelten im Glas. Sein Kehlkopf hüpfte auf und ab, als er trank. Er faltete die Hände über dem Schreibtisch, kaute und zerbiss einen Kern zwischen den Schneidezähnen. Zwei schöne Aquarelle, sagte er. Die Adria, sagte ich und hob mit den Fingern das Spanngummi von der Mappe, ich ließ es zurückknallen. Er kratzte sich die Wange. Sie haben auf ein Wunder gehofft, das Wunder ist ausgeblieben. Was haben Sie jetzt vor? Ich will nicht mehr stören, sagte ich. Er trommelte mit den Fingerspitzen gegen die Tischplatte. Ich legte den Kopf in die Hände. Ich verstehe nicht, warum sie nicht gut sind. Soll ich sie wegwerfen? Ich habe Zeichnungen gesehen, von Käthe Kollwitz und Otto Dix. Der Professor stieß sich aus dem Sessel. Er griff nach der Türklinke. Lieber Herr Sivo, sagte er, er hoffe, er habe mich nicht entmutigt, sondern mir weitergeholfen. Es sei ein interessantes Gespräch gewesen. Auch für ihn. Er wünsche mir viel Erfolg. Er schob die Hände in die Hosentaschen und lächelte an mir vorbei.

Ich zerdrückte die Mappe, der blaue Kunststoff splitterte. Studenten kamen mir entgegen, wichen mit einem Schritt nach links oder rechts aus. Ich stopfte den Packen in den Mülleimer, der an der Straßenlaterne hing. An der Ecke musste ich würgen und hielt mich an der Regenrinne fest. Ein

Speichelfaden tropfte mir in die Hand. An der Hauswand lehnte ein Student und streckte sein Gesicht in die Sonne. Eine Studentin hielt mit dem Fahrrad neben ihm, beugte sich über den Lenker und küsste sein Kinn. Ich wischte den Mund am Ärmel ab und holte die Mappe aus dem Müll, als keiner hinsah. In der Telefonzelle wählte ich Veras Nummer. Ein Kinoheft lag über den aufgehängten Telefonbüchern, ein blasses Mädchen auf dem Umschlag. Ich legte die Finger auf ihren Mund.

Warum wartest du draußen, fragte Vera. Du hättest hineingehen können, was trinken. Dann schlug sie die Autotür zu. Sie wühlte in der Handtasche. Ich beugte mich zu ihr, um sie zu küssen. Sie griff mich an der Schulter und schob mich in die Bar. Vor dem Spielautomaten saß Plav, den Rücken gekrümmt, die Füße auf der Barhockerstrebe. Bestell mir ein Bier, sagte Vera und warf Münzen in den Zigarettenautomaten. Plav spreizte die Finger über dem Kopf zu einem Hahnenkamm. Ich lehnte die Mappe gegen den Tresen. Es hat ihm nicht gefallen. Er lässt dich grüßen, sagte ich. Vera setzte sich neben mich. Ich solle aufhören zu polemisieren, sagte sie. Es sei nun mal, wie es sei. Sie frage sich, ob ich mich dumm angestellt habe. Wie es auch sei, sie würde sich nicht dazu eignen, mir das Händchen zu halten. Was ich wolle, ob ich es erreichen könne, müsse ich selbst wissen. Plav stieß einen slowenischen Fluch aus, schlug gegen den Spielautomaten.

Er stieg vom Barhocker. Sivo, sagte er, als er mich bemerkte. Was ich hier mache? Der Schweiß glänzte in seinen Schlüsselbeinsenken. Er schob dem Wirt einen Fünfzigmarkschein über den Tresen. Nič, sagte ich. Ein Bier trinken. Mein Vetter, sagte ich zu Vera und lehnte mich zurück. Sie streckte die Hand aus. Plav grinste. Er knöpfte das Hemd über dem Bauchnabel zu, zog den Kragen gerade. Dober dan, sagte er. Ob die Tante meine Fahrlehrerin sei? Warum er das meine, fragte ich. Ich solle ihr sagen, er habe sie für meine Fahrlehrerin gehalten. Warum er es nicht selbst sage, fragte ich. Der Wirt stellte einen Turm Fünfmarkstücke auf den Tresen. Plav strich das Geld in seine Hand. Er ist Steinmetz, sagte ich. Er macht Skulpturen. Warum ich lüge, fragte er. Er sei Vorarbeiter. Die letzte Arbeit. Delo za norze. Er grinste. Spritzguss. Vera lachte auf. Plav ließ die Münzen in die Hemdtasche gleiten. Er zog den Tabak aus der Hosentasche und lehnte sich gegen den Tresen. Je tvoj atek bolan? Ist dein Vater krank? Er habe das Auto vor dem Haus gesehen. Vera hielt Plav die Zigarettenpackung hin, er schob ihren Arm zur Seite. Das parfümierte Zeug möge er nicht, solle ich ihr sagen. Die Firma sei in Konkurs, sagte ich. Vater warte noch auf den Lohn der letzten sechs Monate. Vera lachte. Ich solle übersetzen, sagte Plav. Sie sehe aus, als seien bei ihr Arschloch und Fötzchen zusammengewachsen. Er jauchzte vor Lachen. Los, ich solle übersetzen. Ich solle fragen, ob sie ein Märchen hören wolle. Es sei ihm gestern nach dem Onanieren eingefallen. Vera stieß mich an der Schulter. Er will ein Märchen erzählen, sagte ich. Plav legte die Hand auf meinen Kopf, die Fingerspitzen drückten mir in den Schädel. Čisto prijazno ji je bilo pri srcu, že zelo poletje. Tu je sedela pod kostanjem, vsaki dan, in je igrala njeno violino, bila je žisto srečen gril, vse te dni, sagte Plav.

Ganz lieblich war ihr ums Herz gewesen, den ganzen Frühling schon. Da hat sie unter der Kastanie gesessen, jeden Tag, und hat ihre Geige gespielt, und sie war eine ganz glückliche Grille gewesen, jeden Tag davon. Nicht mal auf den Baum war sie geklettert, niemals. War gar nicht nötig gewesen. Hat einfach nur dagesessen und auf den See geschaut. Und gespielt hat sie. Richtig schön. Jeder hat ihr zugehört. Und alle haben sich gefreut. Aber ein bisschen neidisch war sie doch gewesen, die Ameise, die gebuckelt hat, jede Stunde, jeden Tag, den ganzen Frühling. Hatte kein Dach aus einem Kastanienblatt. Musste sich alles selber bauen. Musste Erde schaufeln und Balken tragen, groß und schwer, und die Erde, nass und schmutzig. War nicht schön anzuschauen. Hat aber doch den Kopf dabei hoch getragen und die Grille nie angeschaut. War Sommer geworden. Heiße Tage. War aber der Ameise egal, hat sich nicht darum geschert, musste viele Kammern bauen. Wusste genau, was sie tat. Konnte nicht schwimmen, durfte nicht dösen, wusste nicht zu spielen, hat sie auch nicht interessiert. War immer im Recht. Konnte viele Kammern aufweisen und wusste genau, was sie tat und wusste, wie es stand. Herbst war dann auch schon da. Ganz melancholische Musik hat die Grille gespielt. Gefiel der Ameise, konnte so viel besser jagen und sammeln und die Kammern füllen für den Winter. Der kam auch. So richtig kalt. War nicht mehr zu spielen draußen, da konnte nicht mal mehr etwas leben. Die Grille fiel ganz steif um und wäre tot. Aber die Ameise zog sie in ihr Loch. War warm und sicher und wohlig dort, wollte man nie wieder raus, roch beißend aus den Kammern, alle voll. War bald gut genährt, die Grille. Musste aber in einer Ecke schlafen, ganz klein, und sich schämen musste sie, mindestens zweimal am Tag, wegen der Ameise, und musste spielen, für die Ameise, die ganze Zeit und auch, wenn sie nicht wollte, ganz traurige Lieder, mit viel Schmerzen. War ein langer Winter, wurde immer länger. War bald nichts mehr da zu Essen. Aber Ameisen essen Grillen. Fraß erst ihre Beine, konnte so noch immer spielen. Dann den Unterleib, tat scheußlich weh. Musste spielen, um zu vergessen, bis sie tot und ganz gefressen war.

Er komme dazu, wenn er dazu komme, sagte Plav auf Deutsch, hob die Hände zum Mund, um das Papier anzulecken. Ob er davon leben wolle, fragte Vera. Ich zog von der Tischmitte den Bierkrug heran. Plav und Vera hatten sich umgesetzt, als ich auf dem Klo war. Wenn ich das Gefühl der Wertschätzung spüre, sagte er, verschenke ich. Jemand

schätzt den Wert deiner Arbeit. Ob sie das Wort kenne?! Warum sie ihn nicht bezahlen dürfe, wollte Vera wissen. Pa kaj ma, rief Plav und rührte mit der Zigarettenhand vor sich in der Luft. Sie sei entweder bösartig oder dumm. Vera drückte mir den Arm. Du bist böse, sagte ich, sagt er. Sie presste mir ihre Stirn gegen die Schulter und lachte. Plav ließ die Hände auf den Tisch sinken, die Asche fiel von der Glut, rollte über seine Finger. Er zupfte Vera an der Bluse. Ich verstehe ja, sagte sie. In deinem Arsch verstehst du! Ich solle sie zurück in die Fahrschule bringen! Er möge diesen Wert nicht. Ob sie zu blöd sei? Ich arbeite acht Monate daran. Soll ich dir einen Stundenlohn ausrechnen?! Wo kommt so viel Geld her?! Was hast du dafür getan?! Du willst mir was tauschen, was ich nicht will. Plav klopfte sich mit den Fingerknöcheln gegen den Kopf. Er zeigte Vera ins Gesicht und lachte. Plav jauchzte vor Lachen. Vera winkte ab.
So habe der Professor gemacht, sagte ich und kratze mir die Wange. Die Freude müsse ich verlieren, habe er gesagt. Nicht mal die Hand, rief ich und stieß die Hände in die Hosentaschen. Gehen Sie. Ich will Sie nicht sehen. Nehmen Sie den Dreck. Speichel flog mir aus dem Mund. Warum sollte er die Hand geben, sagte Vera. Der Abstand helfe, miteinander umzugehen, ohne tiefe Wunden. Wie beim Arzt. Nichts Persönliches. Da erzählte Plav von einer Rache, die er aus seinem Dorf kannte. Ein bestimmtes Fleischstück von einer Schlachtung, gestohlen und im Haus versteckt, das sei das

Richtige für den Professor. Für alle Zeiten bleibe der Geruch in den Wänden. Nichts stinke mehr als eine faulende Schweinefotze unter der Treppe. Besser als Nikotin. Vera sammelte das Feuerzeug und die Zigaretten in ihre Tasche. Mit einem Mal legte Plav ein blaues Stoffbündel auf den Tisch. Er wickelte ein Stück Holz aus, eine Hand, so groß wie sein Daumennagel, mit Gliedern und Fingernägeln. Zelenas Hand, sagte er. Er habe sie aus dem Gedächtnis geschnitzt, in den letzten Nächten. Aus einem alten Wurzelstück Goldregen. Deine Liebe, fragte Vera. Seine Schwester, sagte ich, meine Cousine. Das Holz glänzte auf dem blauen Tuch, die Maserung als Handlinien. Die alte Fotze, sagte Plav. Blöd sei sie geworden. So ein liebes Kindchen und jetzt nur Scheiß im Kopf. Vera war aufgestanden, sie ging an den Tresen, um zu bezahlen. Plav zog das Tuch glatt, zwischen den Stofffalten erschien eine Metallnadel. Er habe sich das Werkzeug selbst gebaut, flüsterte er. Die Spitze sei angefeilt, die Kanten geschärft. Der Griff aus Tesafilm, Holzspänen, Leim und Kaugummi. Damit habe er die Hand geschnitzt. Er stellte seinen Ellbogen auf den Tisch und spreizte die Finger vor meinem Gesicht. Sie sei ein Modell für die große Hand. Wenn er den Granit habe, werde er das richtige Werkzeug bauen. Plav hielt sich die Nadel an die Stirn. Sie hat ordentliche Dinger, sagte er. Gute Euter. Gut zwei Hände voll. Der Wirt reichte Vera eine Flasche Rotwein über den Tresen. Plav drückte sich mit der Spitze einen weißen Fleck auf die Stirn. Da hinein. Bohren und drin herumpopeln.

Vera lief die Wiese hinab, glitt aus und fiel auf den Rücken. Ein Kiesel spritzte durchs Gras, kullerte über den Molenrand, tropfte ins Wasser. Plav stand schwankend an einer Kastanie. Eine Lache wuchs um seine Schuhe, sie spiegelte das Licht der Straßenlaterne. Plav zog den Reißverschluss hoch, ging zu Vera und nahm ihr die Flasche aus der Hand. Er drückte sie ihr an die Lippen. Der Wein quoll aus ihren Mundwinkeln, rann unter dem Kinn zusammen. Plav hob die Flasche an seinen Mund, legte den Kopf in den Nacken. Vera kickte die Schuhe von den Fersen. Sie knöpfte die Bluse auf. Sie wischte sich die Brust trocken. Plav warf die Flasche nach dem See und traf den Mond. Er packte Vera im Genick, drehte ihr Gesicht dem See zu. Auf dem Wasser streckte ein Schwan seine Flügel. Die Gefahr eines langen Halses bestehe darin, dass er einem schnell gebrochen werde. Deshalb sei es besser, er sei lang und dick. Ob sie ihm zustimmen würde? Plav ließ Vera nicken, er lachte und ließ sich neben sie auf die Wiese fallen. Vera zog mir die Mappe aus den Händen, klappte sie auf. Dann schob sie die Blätter auseinander, auf dem obersten Blatt blieb ein Abdruck ihres Fingers zurück. Plav legte seine Hand über die Blätter. Sie haben die Seuche, sagte er, sie stinken nach Angst. Plav zerknüllte eine Zeichnung und warf sie vor sich ins Wasser. Befrei dich, sagte er und warf die nächste hinein. Du auch! Er gab Vera ein Blatt. Sie zwinkerte mir zu und lächelte und warf die Papierkugel in den See. Ich rührte mich nicht. Wie Papierrosen trieben die Zeichnungen auf dem Wasser, sogen sich voll, wurden grau und versanken, eine nach der anderen. Plav warf eine hinein, Vera eine andere. Ich müsse auch, sagte Vera und warf die nächste. Da erlosch etwas in mir. Ich hob die Mappe von ihrem Schoß und ging. Bleib gemütlich, rief Plav. Ich stieg die Wiese hinauf, ihre Stimmen im Rücken.

VIII

Ich legte die Mappe mit den Zeichnungen auf den Kühlschrank. Im Herd brannte Licht. Mutter suchte mit dem Fuß ihren Schlappen unter dem Stuhl. Willst noch was essen, fragte sie und holte das Blech aus dem Herd. Sie gab die Pommes frites mit den Fingern auf den Teller. Setz dich halt, sagte sie. Vaters Hinterkopf spiegelte sich in der schwarzen Fensterscheibe. Ich möchte lieber schlafen gehen, sagte ich. Sie stellte den Teller auf den Tisch. Sie bestreute die Pommes frites mit Salz. Ich rutschte auf die Bank und steckte mir eine Gabel voll in den Mund. Die Wände glänzten von der Küchenluft. Das Salz überzog die Pommes frites wie ein Pilz. Wir gehen zurück, sagte Mutter. Ins Haus von stara mama. Was sollen wir auch hier. Vater hing der Seitenscheitel in die Stirn. Hitze stieg mir ins Gesicht. Er glich dem Russen von der Schicht. In einem Monat, sagte Mutter. Ich geh nicht mit, sagte ich. Was willst auch. Brauchst auch nicht, kannst ja hier bleiben. Eine Arbeit hast, ein Wohnheim wird sich finden. Sie kratzte sich hinterm Ohr. Unseres kriegt Zelena, die blöde štorklja braucht schon wieder mehr Zimmer. Wohnung, sagte ich. Was Wohnung, fragte sie. Wohnung heißt das. Nicht Wohnheim. Wohnheim ist was anderes. Sie fuhr sich mit der Hand durch die Dauerwelle. Vater zeigte in mein Gesicht. Ob sie nicht sehen würde, wie ich da sitze und ihr Grimassen ziehe. Misch dich nicht rein, sagte Mutter. Stockbesoffen, rief Vater und sprang auf. Sie versperrte ihm mit erhobener Faust den Weg. Vater stützte die Hände in die Hüften. Er lief hin und her, vom Herd zum Tisch, vom Tisch zum Herd. Nur abduschen wollt ich ihn, sagte er. Abduschen! Ich stand im Flur und drückte die Mappe an meine Brust. Ich gehe ins Ausland, sagte ich. Der Professor hat es mir gesagt. Was für ein Professor, fragte Mutter. Für Kunst, sagte ich. Vater zog das Fenster auf und beugte sich hinaus. Ich nahm eine Zeichnung aus der Mappe. Mutter räumte den Teller vom Tisch und ließ Wasser in die Spüle laufen. Geh bloß schlafen, rief Vater in die Nacht.

Es war noch nicht Morgen, da schlich ich aus dem Zimmer. Ich blieb stehen und horchte, die Tür zum Schlafzimmer war angelehnt. Aus der Küche schien der Mond. Mit ausgestreckter Hand trat ich ins Wohnzimmer. Die Fensterläden waren geschlossen, die Straßenlampen ausgestellt. Ich stieß gegen den Sessel, das Leder knarzte unter meinen Fingern. Ich ging auf die Knie, tastete nach dem Teppich, kroch auf allen Vieren zum Fernseher. Ich legte die Hände in die feine Staubschicht auf dem Glas. Dann öffnete ich den Schrank, räumte die Zeitschriften und Kataloge heraus, tastete die Rückwand ab. Hinter einer Öffnung lag der Umschlag, den ich gesucht hatte. Ich steckte ihn mir in die Unterhose und gab die Heftstapel zurück. Als ich aufstand, begann ich zu zittern. Im Zimmer war es hell. Der Sessel und das Sofa, die Fensterläden hinter den Scheiben, die Gardinen links und rechts, alles war zu erkennen, grau und an seinem Ort. Mit steifen Beinen schlich ich hinaus. Die Tür zum Schlafzimmer stand offen, Mutter lag auf der Seite, Vater schnarchend neben ihr auf dem Rücken, mit aufgedeckten Füßen. Ich fühlte einen Windzug an meiner Haut. Ich lief in mein Zimmer, schloss die Tür und lehnte mich dagegen. Ein grüner Himmel war vor dem Fenster. Ich ging ans Bett und versteckte den Umschlag unter der Matratze. Ich legte mich schlafen, aber die Freude über den neuen Tag hielt mich wach. Als ich müde wurde, dachte ich mir einen Traum.

Ich stehe vor unserer Haustür. Ich spüre meinen Magen und muss mich anlehnen. Mutter öffnet mir, sie sagt, ich soll mir die Schuhe ausziehen. Aber als ich mich bücke, um die Schnürsenkel aufzubinden, trage ich keine. Mutter sitzt in der Küche, zieht die Folie von der Zigarettenschachtel und zerdrückt sie in der Hand. Sie fragt mich, ob ich Suppe essen will. Sie steckt sich eine Zigarette zwischen die Lippen, dann noch eine und noch eine. Ich brauche Geld, sage ich. Mein Magen knurrt. Sie schlägt mir ins Gesicht, mit den Fäusten gegen meine Brust. Ich falle auf die Knie. Sie packt mich im Genick und schüttelt mich. Mit der Schnauze in die Scheiße! Ich rolle mich zusammen. Eine Fliege landet auf dem Küchenboden, läuft herum zwischen den Brotkrumen, putzt ihre Fliegenbeine. Mutter zieht meinen Kopf zurück und legt mir ein Halsband um. Männer stürmen in die Küche. Ich krieche unter den Tisch und verstecke mich. Die Stühle werden zur Seite getreten.

Ich heule los, drücke meinen Körper an den Boden und zittere. Der Tisch fällt. Jemand setzt sich auf meinen Rücken, hält mir die Schultern fest. Ein anderer legt mir eine Schlinge um den Hals. Sie zerren mich aus der Wohnung und über die Straße. Lassen Sie ihm das Halsband, höre ich Mutter rufen, als ich in den Lieferwagen gesperrt werde. Warten Sie noch mit dem Einschläfern.

Ich trug nur die Unterhose, als Mutter vom Einkaufen kam. Hinter ihr lief Zelena, ein Kind auf dem Arm, eins auf dem Rücken, eins im Bauch. Warum ich hier so nackt herumlaufe, wollte Mutter wissen. Endlich, sagte sie. Das Plastik schneide ihr in die Finger. Sie gab mir eine der Tüten. Ein gefrorenes Huhn lag obenauf, unten ein anderes Fleisch, das schon angetaut war. Morgenlatte, sagte Zelena, sie zwinkerte mir zu. Kommt, rief Mutter. Den Kindern ist heiß und sie haben Durst. Sie kramte die Zigaretten aus der Tasche, zog die Folie von der Schachtel und warf sie in den Müll. Was es sei, fragte sie, wovon Zelena die ganze Zeit rede, sie habe nicht verstanden, was sie damit sagen wolle. Mutter schob mich zur Seite, um den Einkauf selbst auszupacken. Zelena legte das Kind auf den Tisch neben das gefrorene Huhn, dann wickelte sie das zweite von ihrem Rücken. Abbinden lassen soll ich mich. Bist verrückt, rief Mutter. Zelena zog das T-Shirt hoch und gab dem Kind die Brust. Nicht muss, sagte sie. Ich darf, wenn ich will, aber es koschtet nichts. Wer sagt das, fragte ich. Die Ärztin und die Frau vom Amt. Von welchem Amt? Mutter griff mich an der Schulter. Zieh dir endlich was an. Sie schob mich aus der Küche. Von dem halt, sagte Zelena und lachte. Mutter drückte die Tür zu. Ich stand allein im Flur. Ja, bist verrückt, hörte ich Mutter sagen. Ich ging ins Wohnzimmer und sah aus dem Fenster. Vater kehrte den Gehweg. Sie hätten nach Frankreich gehen können, musste ich denken. Auf dem Fernseherglas glänzten meine Handabdrücke. Ich ging in mein Zimmer. Ich setzte mich aufs Bett, sah auf meine Hände. Vater hatte erzählt, es habe damals viele Aushänge gegeben. In Toulouse wurden Monteure gesucht. In Montpellier Bauarbeiter. Sogar in Paris Dreher. Schon immer habe jeder Slawe nach Frankreich gehen wollen, sei aber nur bis Deutschland gekommen, hatte Plav einmal gesagt. Selbst an einen Aushang für Arbeiten in Australien hatte sich Vater erinnert, der zottige Vogel im Wappen war ihm im Gedächtnis geblieben. Sie hätten nach Australien gehen können, musste ich denken. Es war charakterlos gewesen, nach Deutschland zu gehen. Freiwillig in einen Zug zu steigen, ohne seine Frau. Eingepfercht mit hunderten anderen, in einem Viehwaggon das Land zu verlassen, um die Arbeitstauglichkeit von deutschen Ärzten bescheinigt zu bekommen. Sich in Sammellagern unter freiem Himmel vor ihnen auszuziehen, die Brust abklopfen, an die Hoden fassen zu lassen. Den Mund aufzusperren, zur Gebisskontrolle durch deutsche Ärzte in Italien. Ich spreizte die Finger beider Hände. Wie hatte Vater sich das gefallen lassen können, musste ich denken. Wie konnte überhaupt jemand auf die Idee kommen, sich freiwillig abtransportieren zu lassen, eingeteilt nach dem Grad der Tauglichkeit und dem jeweiligen Bedarf, in Auffanglager bringen zu lassen. Zur Arbeit in die Kanalisationen der Städte und hinter die Güllewagen schwäbischer Bauern, in Kräne, Planierraupen und Lastkraftwagen, vor die Presslufthämmer, zu den Biegemaschinen, Drehmaschinen und Metallpressen. Wie hatten sie Kinder hier zeugen können, mit den Frauen, die ans Band nachkamen, vor den Putzeimer, in die Schnellküchen zum Akkorddienst. Die Tür knallte, Mutter fluchte, Zelena sagte etwas, das ich nicht verstand. Ich saß im Schneidersitz auf dem Bett und schloss die Finger zu Faust.

IX

Der Guajiro schälte mit den Fingern das Auge aus dem Schafsschädel. Er streckte die Hand aus, der Nerv hing herab. Der schwarzhäutige Junge versteckte sich hinter seiner Mutter. Der Guajiro nahm das Auge zwischen die Zähne. Die Mutter schöpfte Bohnen mit einer Kelle in ihre Plastiktüte. Der Junge umklammerte ihre Hand und schaute hervor. Da zerbiss der Guajiro das Auge und das Gelee floss am Kinn herab. Der Junge heulte mit ausgestreckter Zunge, die Hände vor die Augen geschlagen. Auf der Treppe vor den Marktständen hielt eine Studentin einen Block in der Hand und zeichnete. Gegen die Sonne lag eine gelbe Bluse über ihrem Haar, die Ärmel hingen links und rechts neben ihrem Gesicht herab. Ein Spatz pickte dem Guajiro gegen die Zehen. Die Studentin benetzte sich die Fingerspitze mit der Zunge und wischte damit über das Blatt. Die Mutter zog den schreienden Jungen an der Hand die Stufen hinauf. Im Vorbeigehen riss er die Bluse vom Kopf der Studentin. Sie hielt ihr krauses Haar fest. Yolanda winkte mir vom Markt, ein Netz mit Früchten schwang neben ihren Beinen. Ich hatte gewartet, mit mir hätte sie mehr bezahlt. Der Block lag auf dem Pflaster, der gezeichnete Guajiro lächelte, die Hand auf dem Kopf des Jungen. Der Spatz hopste über das Blatt.
Yolanda hielt eine Zehn-Peso-Note zwischen den Fingern. Vor dem Kino auf der anderen Straßenseite

wartete eine Schlange Menschen. Sie löste sich auf, als eine Frau mit einer Leiter heraus trat und die Ankündigung für den französischen Film gegen einen deutschen Titel vertauschte. Yolanda stellte sich einem Taxi in den Weg. Der Fahrer wich aus und hupte. Sie fluchte mit erhobener Faust. Ich hatte Yolanda das erste Mal auf einer Bühne im Institut gesehen. Sie hatte zusammen mit anderen Schauspielstudenten im Halbkreis gesessen und zu weinen geübt.
Yolanda lief neben einem Taxi her, sie trommelte mit den Fingerknöcheln gegen die Scheibe. Sie riss die Tür auf und winkte mich heran. Drei Gesichter wandten sich mir vom Rücksitz zu, als ich aus dem Schatten der Pinie trat.

Yolanda saß auf meinem Schoß, drückte ihre Lippen gegen meinen Hals. Das Taxi fuhr in den Tunnel unter der Bucht. Yolanda war eingeschlafen, ich hielt ihre Beine umfasst.
Am Tag meiner Ankunft war ich direkt vom Flughafen zur Universität gefahren. Wieso ich mir einbilde, studieren zu können, ohne die Landessprache zu sprechen, hatte im Vorzimmer die Sekretärin gefragt. Ich habe es schriftlich, sagte ich. Das sei ihr egal, sagte sie, dem Studium gehe ein Sprachkurs voraus, er habe einen extra Preis.
Der Taxifahrer hielt vor der Abzweigung. Warum er nicht hinein fahre, fragte ich. Er würde es tun, sagte er, für zwanzig Pesos. Ich trug Yolanda den Weg hinab. Gelbes Gras stand zwischen den Asphalt-

schollen, vor einem Zaun im Gestrüpp lag ein Hundekadaver, Krabben pickten mit ihren Scheren nach dem Fleisch.
Der Malkurs für Anfänger dauere drei Monate, hatte die Sekretärin gesagt. Ob es nicht genüge, den Kurs zu bezahlen, fragte ich. Ich sei nicht hier, um mich in ein Klassenzimmer sperren zu lassen. Das interessiere sie nicht, sagte sie, ich müsse es sofort tun und bar.
Yolanda schlug die Augen auf. Ihre Beine rutschten mir vom Arm. Ob ich verrückt geworden sei, rief sie. Warum ich sie durch die Stadt trage?! Sie drückte das Gesicht in ihre Hände. Wo das Taxi geblieben sei? Danais winkte uns vom Haus, ihre goldenen Leggings, das wasserstoffblonde Haar brannten Lichtflecken ins Dickicht vor dem Strand.

Danais saß auf dem Schaukelstuhl. Yolanda streifte sich die Träger von den Schultern und zog das Hemd zum Bauchnabel. Ich steckte Danais eine Zigarette zwischen die Lippen. Yolanda stieg auf ihren Schoß und zog die Beine an den Körper. Ich hob das Tuch von der Staffelei. Danais umfasste die Armlehnen. Sie solle die Zehen anfassen, sagte ich.
Ich solle es mir noch mal überlegen, hatte die Sekretärin gesagt. Das Studium habe Qualität, der Sprachkurs dauere nur einen Monat. Nein, sagte ich, ich wolle ihr Studium nicht, dass sie mich nicht verstehe. Ich wolle hier nur arbeiten. Die

Sekretärin zuckte mit den Achseln. Wenn es um Geld gehe, sagte ich, das sei kein Problem, wie sie gesehen habe.
Sie wolle ein Glas Wasser, sagte Yolanda. Ich strich die Pinselspitze an einem Stofftuch ab. Sie wolle einen Kaffee, sagte Danais. Die Zigarette fiel ihr aus den Fingern.

Ich drückte den Schalter am Herd und Gas stieg mir in die Nase. Der Feuerstein fiel aus dem Anzünder auf den Boden. Ich ging ins Schlafzimmer, um nach Streichhölzern zu suchen. Ich durchsuchte die Taschen von Yolandas Hosen, die über der Stuhllehne hingen. Auf dem Bett schlief das Kätzchen, das vom letzten Wurf der Gartenkatze übrig war. Ich nahm es hoch, trug es durch die Hintertür in den Garten und ließ es in die Regentonne plumpsen.

Ich hatte auf dem Bett gesessen und auf meine Hände gestarrt, als es an der Tür geklopft hatte. Mutter kam herein, ohne die Antwort abzuwarten. Sie setzte sich an den Bettrand und für einen Moment glaubte ich, sie habe meinen Diebstahl entdeckt. Aber sie legte ein Sparbuch vor mich hin. Sie habe es sich damals ausstellen lassen, als wir zur Sehschule gegangen seien, sagte sie. Sie habe sich gesagt, dass nun jederzeit etwas Fürchterliches passieren könne. Nicht nur mit mir, sondern auch mit ihr oder Vater. Sie verstehe nicht, warum ich dort hingehen wolle. Deutschland sei das Land, in dem man am besten studieren könne, mit den besten Schulen. Und was für Gebäude seien das, sagte sie, und wo ich hingehe, gebe es nur Wildnis. Vater habe gesagt, er verstehe mich, sagte sie. Er würde es ebenso gemacht haben. Er glaube, ich müsse in die Welt. Aber Vater rede nur, ohne zu wissen, wo vorn noch hinten sei. Einen Teufel würde er tun und mir Geld geben. So sei Vater nicht. Das solle ich ihr glauben. Dass ich Geld brauche, das würde er nicht verstehen. Er rede nur Unsinn den ganzen Tag und wenn er den Mund aufmache. Vom Sparbuch habe sie Vater nichts gesagt. Ich müsse es ihr zurückgeben, wenn ich fertig sei. Soviel Geld habe sie nicht. Sie wisse nicht, wie es werde. Man habe zwar das Haus von stara mama, aber da seien die Verwandten und die seien ihr neidisch. Vielleicht werde sie überhaupt nicht dort bleiben. Vielleicht werde sie ihre Koffer packen und gleich wieder abhauen. Vater werde dort zum Bauer. Er sei ein harter Mensch, die ganze Familie. Das Herz ziehe sich ihr zusammen, wenn sie nur einen von ihnen sehen müsse. Sie werde es nicht leicht haben, sagte sie. Für diese Leute würden Menschen überhaupt nicht zählen. Was ich habe, fragte sie. Was es zu lachen gebe? Sie drückte meinen Kopf zur Seite. Ich sei ein Schafskopf. Ich klappte das Sparbuch zu. Ich sei besser, sagte ich, als sie denke. Ich sei sehr, sehr gut. Hier könne ich nichts aus mir machen. Hier würde ich alles hassen, es stünde mir als Feind gegenüber. Ich solle mitgehen, sagte sie. Das könne ich nicht, sagte ich, denn ich würde mich schämen. Warum schämen, fragte Mutter. Ich würde mich für die Menschen dort schämen, sagte ich. Ich könne sie nicht lieben. Ich müsse sie nicht lieben, sagte sie und lächelte. Mit meinen Augen kann ich sie nicht lieben. In meinen Augen sind sie hässlich.

X

¡Que mierda!, sagte Yolanda. Sie atmete mir gegen die Wange. Die Klimaanlage war verstummt. Yolanda fasste mir an den Schwanz und schob die Vorhaut zurück. ¿Que pasa, no me amas? Sie strich mit dem Daumen über die Eichel. Sandkörner und Brotkrumen stachen mir in den Rücken. Ich roch die Matratze. Yolanda warf den Kopf zur Seite, ihr Haar schlug mir ins Gesicht, es blieb an der Haut kleben. Sie leckte mir den Schweiß von der Wange. Ihr Arm klatschte mir gegen den Bauch, während sie versuchte mir einen zu wichsen. Sie legte das Bein über mich. Ich fasste sie an der Schulter, griff ihr Handgelenk und zog sie zur Seite. Ich richtete mich auf und drückte sie aufs Bett. Was denn sei, fragte sie. Ich kniete neben ihr und klopfte mir gegen die Brust, ich konnte nicht atmen. Die Jalousien waren geschlossen. Die Klimaanlage ragte aus der Sperrholzwand, die Öffnung war schief und zu groß, die Spalten kreuzten sich in den Ecken. Moskitos flogen mir gegen die Stirn.

¡Ai, yo te amo, mi amor! Pero tu no. Yolanda strich mir über den Bauch. Pero claro, sagte ich. Ich fischte mir ein Insekt aus dem Mund, ich zerrieb es zwischen den Fingern. Ihre Hand glitt zwischen meine Schenkel. ¿Y por que no quieres hacer el amor conmigo? Es sei zu heiß, sagte ich. Tengo asma. ¿Quieres matarme?

Ich hatte die Jalousien aufgedrückt. Eine Krabbe rannte mit erhobenen Scheren über die Straße.

Das Zimmer knackte, die Sperrholzwände entspannten sich. Yolanda lag am anderen Ende des Betts, die Beine angezogen, eine Strähne klebte über ihrem Schulterblatt. Ich legte mich neben sie. Ob ich mich sehr vor ihr ekle, wollte sie wissen. Ich legte ihr die Hand in die Taille. Sie solle nicht blöd sein, sagte ich und berührte ihre Ferse mit dem Knie. Schweiß rann mir in die Nasenlöcher. Ihre Rippen hoben und senkten sich. Ich ließ die Hand auf die Matratze fallen, dann zuckte ich mit dem Bein, ich tat so, als würde ich schlafen.

Yolanda lag quer über dem Bett, die Glieder von sich gestreckt, das Laken zwischen den Fingern. Ihr Haar fiel über das Kissen, fiel über den Rücken, bedeckte das Gesicht. Als ich die Tür schließen wollte, spürte ich am Knöchel eine Berührung. Das Kätzchen hockte im Lichtschein und leckte sich die Pfote. Es war mir zwischen den Beinen hindurch geschlüpft. Ich bückte mich und nahm es am Genick. Ich brachte es in den Garten und ließ es in die Regentonne plumpsen. Es reckte den Kopf, strampelte zum Rand. Ich hob es heraus und ließ es auf den Boden fallen. Der Pfau bewegte den Kopf hin und her. Er scharrte mit den Krallen. Ich bespritzte ihn mit Wasser aus der Tonne. Die Tropfen schlugen Krater in den Staub und wurden grau.

What do you want, fragte die Sekretärin. Sie strich das Formular glatt und schüttelte den Kopf, ich hatte es in der Hemdtasche getragen. Quiero mi pasaporte y mi visa, sagte ich. You know that you have to leave the country?! Ich zuckte mit den Achseln. Sie klatschte in die Hände und lachte. Because you don't have the right to stay here! Your classes are finished. You don't want to take another, like I said to you. It's very easy. Maybe you don't have money? Tengo dinero, sagte ich. Mejor, sagte sie. Take a class. Learn our language. Ich spräche ihre Sprache, sagte ich in ihrer Sprache. Ich hatte die Arme verschränkt. Sie ließ die Hand auf die Tischplatte knallen. This is not possible! How you learn it? You took a private course? It's not allowed. Sie zog ein Blatt aus der Schublade und legte es vor mich. You don't listen. Castellano, primera lección, stand gedruckt, darunter ein Schmetterling, casa mariposa, an den Kanten war es vergilbt. Ich faltete das Blatt zusammen, schob es in die Hemdtasche. Die Sekretärin massierte sich die Handfläche. In einer Woche müsse ich angemeldet sein. Otherwise! Sie zeigte aus dem Fenster in den blauen Himmel. Sie habe nicht das Recht, den Pass einzubehalten, sagte ich. Ich sei auf der Botschaft gewesen. Bueno, sagte sie. Sie holte den Reisepass aus der Schublade, klappte ihn auf und schob ihn über den Tisch. Der rote Passdeckel war an den Ecken ausgefranst. Ich blätterte die Seiten um und musste lachen. Ich hielt ihn ihr vors Gesicht und tippte mit dem Finger auf das Fünfjahresvisum. Die Sekretärin lächelte. ¡Dame!, rief sie und streckte sich nach mir. Ich war aufgestanden, ich drehte ihr den Rücken zu, hielt den Pass in die Höhe. ¡Dame lo pasaporte! No, no, no, sagte ich schnell. Ich hatte das Zimmer verlassen und begann zu laufen. Ich solle warten, rief sie. Ihre Absätze klapperten über den Steinboden. ¡Hijo de puta!

Ich stützte mein Kinn mit der Hand. Der Barmann lehnte mir gegenüber. Er trug einen Strohhut und hatte einen grauen Schnurrbart. Mal tiempo, buena cara, sagte er. Verdad, sagte ich. Er lachte und zeigte mit dem Finger in mein Gesicht. Dann spuckte er in das Taschentuch in seiner Hand. Auf dem Tresen stand ein Teller mit Hühnerknochen, im Plastikbecher daneben steckte die Serviette. Ob ich Feuer habe, fragte er. Ich gab ihm das Streichholzheft aus der Hosentasche. ¡Gracias compañero! Er wischte sich über den Mund. Ich lehnte den Rücken an den Tresen. Der Spatz saß im Staub und von links und von rechts bellte ihn der Hund an. Ich zog Bleistift und Papier aus der Hemdtasche. ¡Compañero! Der Barmann stupste mich an der Schulter. Er stellte die Tasse hin. Tu cafésito. Ich gab ihm fünf Pesos. Er lüftete den Hut und wischte sich das Gesicht trocken. Ich setzte mich an einen Tisch und drehte das Blatt auf die Rückseite. Ich zeichnete den Hund, er kratzte sich das Fell, der Spatz war weggeflogen. Anschließend trank ich den Kaffee. Der Barmann versank in dem Vorhang aus Plastikstreifen, zuletzt die Hand mit dem

Taschentuch. Ich drehte die Tasse im Handteller, am Boden war Satz, ein einzelner Fleck, der Tod mit Mantel und Sense. Der Hund hoppelte auf drei Beinen über den Platz, die Sonne stand tief. Ich deckte mit der Tasse das rechte Auge zu.

Ich lag mit gespreizten Beinen auf dem Bauch. Ich hielt die Hände unter der Stirn gefaltet. Yolanda schob mir die Schenkel auseinander, sie leckte nach dem Anus. Ich drehte mich auf den Rücken, hob das Bein über ihren Kopf und traf sie mit der Ferse. Was mit ihr los sei? Was sie da treibe, fragte ich. Sie hatte sich hingekniet und hielt sich die Stirn. Warum ich sie schlage, wollte sie wissen. Ob ich blöd sei?! Ich streichelte ihr den Oberschenkel. Sie legte die Hand auf den Mund und fluchte. Danais sei eine Hexe! ¡Te odio, Danais! Sie solle sich schlafen legen, sagte ich. Yolanda schlug meine Hand zur Seite. ¡Ai, que! Sie kaute an ihrer Daumenspitze. Danais wisse überhaupt nichts, sagte ich.

Ein Tropfen löste sich von Yolandas Kinn, fiel mir zwischen die Augen und rann die Nase herab. Ob ich gekommen sei, wollte sie wissen. Sie presste ihre Stirn gegen meine und blies mir Schweiß ins Gesicht. ¿Eres? ¿Eres? Ich berührte ihre Fußsohlen. Sí, mi amor, sagte ich. Yolanda presste das Ohr gegen meine Brust. Ich hatte ihr erzählt, das Visum sei nicht verlängert worden. Tu eres mi vida, sagte sie.

Ich war aufgewacht, ich hatte Schluchzen gehört, im Traum hatte ich geweint. Die Klimaanlage arbeitete, mein rechter Arm war kalt. Ich befühlte die Augen. Belag löste sich von der Haut, er zerfiel mir zwischen den Fingern. Ich schob die Lider auseinander. Mit dem Fuß tastete ich nach dem Boden. Als ich aufstand, wurde mir schwindelig. Die Tür ragte ins Zimmer. Ich streckte die Hand aus. Das Beißen in den Augenwinkeln ließ mich blinzeln. Yolandas Arm hing über der Bettkante, die Fingerrücken berührten den Boden. Ich schob mich an der Wand entlang. Der Jeans-Rock lag im Gang, das T-Shirt auf der Schwelle. Ich griff durch den Türspalt nach dem Lichtschalter im Bad. Der geteilte Hinterleib eines Insekts bog sich um die Lamelle der Jalousie und verschwand. Ich wischte mir über die Wange. Im Garten schrie der Pfau. In meiner Handfläche lagen gelbe Krümel. Mein Mund stand offen, das Kinn und die Stirn glänzten, die Wimpern waren gelb und verklebt, die Augäpfel gelb, die Pupillen stumpf. Ich schloss die Augen und stützte mich am Waschbecken.

Ruth Cerha

DER GESANG DER RÄDER IN DEN SCHIENEN

Erzählungen, 188 S., Luftschacht Verlag, Wien 2007
ISBN: 978-3-902373-24-3

Den Punkt aufzuspüren, an dem Veränderungen möglich oder notwendig werden, an dem sich das gewohnte Bild wie plötzlich verschiebt, steht im Mittelpunkt der in diesem Band vorliegenden Erzählungen vom Fortgehen, Ankommen, Zurückkehren und auch vom Zustand des Dazwischen.

Die atmosphärische, authentische Dichte sowie die sprachliche Ausgewogenheit erzeugen Spannung und Lesevergnügen gleichermaßen.
– Poetenladen –

Mit Ruth Cerhas traumhaften Erzählungen über Wiener Nächte wachsen einem vielleicht doch noch Flügel, um das Zaudern vor den Tonleitern des Lebens zu überwinden. Nach der Lektüre sitzt man jetzt wieder aufrechter im Zug des Lebens und lauscht wachsamer dem Gesang der Räder in den Schienen. (...)
Und die Traurigkeit weicht allmählich einer hellen Freude, denn man ahnt es wieder: Das Leben steckt voller Musik.
– Börsenblatt des Deutschen Buchhandels –

Johannes Weinberger

AUS DEM BEINAHE-NICHTS

Ein Märchen, 116 S., Luftschacht Verlag, Wien 2007
ISBN: 978-3-902373-27-4

Stilistisch in der Form eines Kinderbuches mit viel Humor und Lust an absurder und surrealer Überzeichnung hat Weinberger ein postmodernes Märchen für Erwachsene geschrieben. Eine Rätselgeschichte, die ihren ganz eigenen Gesetzmäßigkeiten folgt, in der sich aber auch Probleme und Phänomene unserer heutigen Welt eingewoben finden lassen.

Johannes Weinberger wagt sich (...) an das diffizile Erwachsenenmärchen-Genre und gewinnt ihm ein vielschichtiges, multisinnliches, dabei höchst amüsantes wie luzides Kleinod ab, dessen reicher Inhalt zeitlos schimmert.
- Titel-Magazin -

Aus dem Beinahe-Nichts ermöglicht unterschiedliche Lesarten und viele intertextuelle Krümelspuren (von *Alice im Wunderland* bis zum *Kleinen Prinzen*) führen den Leser auch bewusst in die Irre.
- Die Furche -